Yvonne Kroonenberg
Man gewöhnt sich an alles –
nur nicht an einen Mann

SERIE PIPER

Zu diesem Buch

Während nette Frauen ihren Männern Kaffee kochen, richten sich die Hexen, Biester und Xanthippen die Welt nach ihrem Geschmack ein und erziehen sich ihren Mann, wie es ihnen gefällt. Aber Männer zu erziehen ist schwer – zuviel Kritik hat die gegenteilige Wirkung, und zuviel Lob erzeugt Mißtrauen. Auf ihre unnachahmlich freche Art widmet sich Yvonne Kroonenberg ihren Lieblingsthemen: der Beziehung zwischen den Geschlechtern, dem Sex und vor allem den Männern. Kroonenberg schreibt über kahlköpfige Männer und über lustlose Männer, über Männer, die Frauen hinterherpfeifen, und sie stellt eine Ekelskala auf, nach der sie und ihre Freundin die Männer beurteilen. Treffsicher und humorvoll schildert Yvonne Kroonenberg den Geschlechterkampf von seiner witzigen Seite und erklärt, warum die Frauen trotz allem doch nicht auf die Männer verzichten wollen.

Yvonne Kroonenberg studierte Psychologie und arbeitete zunächst in eigener Praxis, bevor sie sich ganz aufs Schreiben verlegte. Die Journalistin und Autorin lebt heute in Amsterdam. Auf deutsch erschienen außerdem »Keiner liebt dich, wieso ich?«, »Kann ich den umtauschen?«, »Sie liebt ihn, er sich auch« und »Alle Männer wollen nur das eine«.

Yvonne Kroonenberg

Man gewöhnt sich an alles – nur nicht an einen Mann

Aus dem Niederländischen von
Gabriele Haefs

Piper München Zürich

Von Yvonne Kroonenberg liegen in der Serie Piper außerdem vor:
Alle Männer wollen nur das eine (2709)
Keiner liebt dich, wieso ich? (3089)

Ungekürzte Taschenbuchausgabe
Piper Verlag GmbH, München
März 2001

Titel der niederländischen Originalausgabe:
»Alles went behalve een vent«, Uitgiverij Contact,
Amsterdam

Umschlag: Büro Hamburg
Stefanie Oberbeck, Katrin Hoffmann
Umschlagabbildung: Michael Sowa
Foto Umschlagrückseite: Ronald Hoeben
Gesamtherstellung: Clausen & Bosse, Leck
Printed in Germany ISBN 3-492-23257-4

Inhalt

Liebe aus zweiter Hand

Liebe ist blind, das sehen wir gleich. Ich werde den mitleidigen Blick, den eine Freundin mir zuwarf, als ich seufzte, daß ich so einen feschen Verlobten hätte, nicht so schnell vergessen. Sie hatte einen unansehnlichen Vierziger, der sich auf seinen tristen Hängebacken in Verlängerung seines Schnurrbartes eine Rasenfläche geschnitten hatte, in der Hoffnung, daß das ganze dann einem schneidigen Zirkusdirektorenschnauz ähnelte. Die Liebe ist aber nicht nur blind, sondern auch geistig behindert. Männer verlieben sich in die ekelhaftesten Frauen, Frauen verlieren ihr Herz an Waschlappen oder gewalttätige Ekel.

Das unvernünftigste aber, was eine Frau tun kann, ist jedoch, sich in einen verheirateten Mann zu verlieben. Das weiß sie ganz genau, das hat sie schon als Kind gelernt: Von Fremden keine Süßigkeiten annehmen und sich nicht in einen verheirateten Mann verlieben. Und doch kommt es vor.

Es ist eine Krankheit, vermutlich eine Virusinfektion, die vor allem Frauen befällt. Wenn sich ein Mann in eine verheiratete Frau verliebt, dann hält sich der Schaden in Grenzen. Er ist vielleicht ein bißchen still, trinkt etwas mehr oder schreibt Gedichte, aber im großen und ganzen bleibt er intakt. Bei einer Frau ist das anders. Sie ändert sich und hat immer größere Ähnlichkeit mit allen anderen Frauen, die ein Verhältnis mit einem verheirateten Mann haben.

Zu Anfang ist sie glücklich. Sie hat, wie der Prinz von Dornröschen, etwas in ihm erweckt, das seit Jahren unter Spinat und sonntäglicher Langeweile dahingeschnarcht hat. Sie sieht, wie ihr Liebster in ihren Armen zum Leben erwacht, wie er immer leidenschaftlicher wird.

Sie kann zaubern! Das einzige, was sie mit ihren magischen Kräften nicht beeinflussen kann, ist seine Ehe. Die hält stand wie der Fels in der Brandung. Vielleicht verspricht er ihr, sich scheiden zu lassen, vielleicht beteuert er, daß zwischen ihm und seiner Frau nichts mehr läuft, während seine Frau gerade bei ihrem Arzt erfahren hat, daß sie schwanger ist.

Je länger die Beziehung zu dem verheirateten Mann anhält, um so düsterer wird das Leben der Schattenverlobten. Ihr Leben wird durch seine Verfügbarkeit gesteuert, ihr Verhalten durch das seiner Frau: In keinem Punkt darf sie mit der Ähnlichkeit haben. Deshalb darf sie keine Ansprüche stellen oder klagen. Sie muß munter und hübsch sein. Schließlich stellt sie ja seine Freizeit dar. Nein, das Leben einer Frau, die ein Verhältnis mit einem verheirateten Mann hat, ist kein Vergnügen und dauert so lange. Durch ihren endlosen Aufenthalt im Wartezimmer des Glücks wächst ihr Verlangen, und es wird immer schwerer für sie, einzusehen, daß es niemals etwas werden wird. Wenn sie nach Jahren beschließt, ein neues Leben anzufangen, dann weiß sie eins sicher: Nie wieder einen verheirateten Mann.

Das dachte ich auch, und ich war sogar noch vernünftiger: Auf keinen Fall einen verheirateten Mann mit einem Kind. Daraufhin habe ich mich in einen geschiedenen Mann mit zwei Kindern verliebt. Die Kinder wohnten bei der Mutter, und alles schien in schönster Ordnung zu sein. Aber es ging schief. So lange sich der geschiedene Mann à la carte mit Freundinnen amüsierte, war alles bestens. Seine Exfrau sorgte für die Familie, und wenn er zu Besuch kam, hängte er Bilder auf und reparierte den Staubsauber.

Das alles änderte sich, als ich in seinem Leben auftauchte. Seine Frau startete einen Guerillakrieg. Und wir können uns darauf verlassen, daß Frauen sehr gemein sein können, wenn es um einen Mann geht. Es ist ein seltsamer Kampf, der vor allem an Lümmeln erinnert. Lümmeln ist ein Ballspiel, bei dem sich zwei Menschen über den Kopf eines dritten hinweg einen Ball zuwerfen. Es geht um den Mann, also ist er unerläßlich für den Streit, aber ansonsten nicht wichtig. Die Ex und ich kämpften über seinen Kopf hinweg um die Vorherrschaft.

Sie siegte. Das ist meistens so, wenn Kinder mitbetroffen sind. Wenn wir erst einmal dreißig sind, bekommen wir die Männer nicht mehr neu. Sie haben eine Familie, einen Freundeskreis, ein Haus, eine Hypothek. Die neue Freundin ist die andere Frau, das bleibt ihr nicht erspart. Zum Glück brauchen die Leute nicht so schrecklich lang, um sich an ihre Existenz zu gewöhnen. Nach ein bis fünf Jahren ist es vorbei, wir sind die zweite Frau geworden, nach zehn Jahren fallen die Zahlen dann ganz weg. Die ersten Jahre sind die schwersten, vor allem, wenn eine böse Ex mit im Spiel ist. In der Beziehung habe ich viele Schauergeschichten gehört. Eine Frau warf alle Fensterscheiben im Haus ihres verflossenen Gatten ein, um klarzustellen, daß ihr Leben in Scherben lag, eine andere rief jede Nacht schweigend an.

Aber die Liebe ist tollkühn. Das sehen wir an Janneke, bis über beide Ohren in Daan verliebt. »Daan?« fragte ich, als ich das hörte. »Daan ist doch mit Diny verheiratet?« Aber Daan und Diny hatten sich getrennt, schon vor drei Wochen, und jetzt war Daan mit Janneke zusammen. Janneke suchte schon seit Jahren nach einer Beziehung, aber niemand wollte. Und jetzt hatte sie also Daan. »Ist das nicht herrlich?« fragten die Freunde, aber ich schüttelte den Kopf. Sie kennen Diny nicht, ich wohl. Diny kennt kein Mitleid. Sie betrachtet Daan als absolute Null, und sie erwägt schon seit Jahren, ihm den Laufpaß zu geben, aber sie haben eine Tochter. Diese Tochter nimmt Klavierstunden, geht schwimmen und zum Ballett. Das macht einen Haufen Arbeit. Sie muß geholt und gebracht werden, dann gibt es die Elternabende, die Ballettaufführungen und die Schwimmprüfungen. Ganz zu schweigen von den Wochenenden und den Ferien und Dinys anstrengendem Beruf. Wenn Janneke sich einbildet, ihre Romanze mit Daan in aller Ruhe genießen zu können, dann hat sie sich geirrt. Wir können es ruhig Diny überlassen, ihr das Vergnügen zu vermiesen.

Aber Janneke kann nicht mehr zurück, die Liebe hat zugeschlagen. Ich habe sie gestern gesehen: blind, benebelt und rettungslos verloren.

Keine Lust

Mit fünfzehn hatte ich meine Jungfräulichkeit satt. Ich beschloß, den Nachbarsjungen zu verführen. Er war siebzehn, und wir knutschten ab und zu im Treppenhaus. An einem freien Mittwochnachmittag ging ich zu ihm. Wir landeten auf dem Bett und legten einige Kleidungsstücke ab. »Jetzt!« dachte ich und flüsterte leidenschaftlich: »Wirst du auch vorsichtig sein?«

Ein schöner Moment, eine wunderbare Erinnerung für später sollte es werden. Aber der Nachbarsjunge sah das anders. »Spinnst du?« fragte er bestürzt.

Das haben wir nun von dieser modernen Erziehung, wir lernen keine Zweifel. Stapel von Aufklärungsbüchern hatte ich gelesen und glaubte, alles zu wissen. Nirgends stand, daß ein Mann auch mal »nein« sagt. Es gab zwar ein Kapitel »Impotenz«, aber das handelte von trägen Schnecken und verzweifelten Versuchen. Und darum ging es hier ja nicht.

Die meisten Frauen glauben, Männer wollten nichts lieber als vögeln, überall vögeln, mit allem vögeln, was sich bewegt. »Ein Mann würde einen Fluß voller Rotz durchwaten«, behauptete Valerie Solanas im Jahre 1971, »wenn am anderen Ufer eine Frau auf ihn wartet, mit der er vögeln kann.« Valerie Solanas mochte keine Männer.

Aber es ist durchaus die Frage, ob Männer wirklich so geil sind oder ob sie das bloß behaupten. Ich kenne eine ganze Menge Frauen, die über das Gegenteil klagen.

Anke zum Beispiel. Sie ist mit Henk verheiratet, einem robusten netten Kerl, der am liebsten an seinem Computer herumfummelt, nicht an Anke.

Vor Jahren haben sie deshalb Ärzte aufgesucht, fachkundige Sexologen, die in Henks Lusterleben düstere Bremsklötze vermuteten. Aber Henk zuckte nur die Schultern. »Ein Orgasmus ist nett, aber es braucht soviel Nervenkram, um so weit zu kommen«, sagte er. »Ich finde es blöd, mich einfach auf Anke drauf zu legen und loszurammeln, erst muß es gemütlich werden. Dann will ich sie streicheln und dafür sorgen, daß es ihr kommt. Erst danach will ich vögeln, und ich finde es auch ungezogen, dann gleich einzuschlafen, also schmusen wir noch eine Runde. Alles sehr nett, aber nichts für jeden Tag.«

»Und nicht einmal für jede Woche«, seufzt Anke.

Ich kann mir gut vorstellen, daß es manchen Männern egal ist. In allen Artikeln über Sex, die in Zeitungen und Zeitschriften veröffentlicht werden, steht in immer neuen Formulierungen, wie wenig Männer über Frauen wissen. Kaum haben sie gelernt, wo die Klitoris sitzt und wie dieselbe zum Leben erweckt werden kann, dann gibt es auch schon wieder einen G-Punkt, der – wenn man ihn nur zu finden weiß – den Genuß der Frau erst richtig hochbringt. Auf diese Weise wird Sex zu einer ziemlichen Aufgabe. Zu einer einsamen Aufgabe, denn dem Manne kann dabei nicht geholfen werden. Wenn die Frau es selber in die Hände nimmt oder erklärt, was sie im Bett schön findet, dann zerstört sie sein Selbstvertrauen.

Männer sind so zartfühlend. Ich kenne einen, der sich vier Jahre lang nicht mit seiner neuen Freundin ins Bett getraut hat, weil seine Verflossene so wütend auf ihn war, wenn er nicht oft genug geil war. »Ich liebe dich«, hatte er zu seiner neuen Freundin gesagt. »Aber im Bett läuft nichts, höchstens ein bißchen schmusen.« Sie fand das nicht so schlimm, sondern ganz gemütlich, und jetzt, vier Jahre später, fängt er endlich an, über seinen Schrecken hinwegzukommen. Ein anderer Mann hat mir erzählt, daß ihm die Objektivität solche Probleme macht. Wenn er mit einer Dame verkehrte, sah er sich dabei selber zu. Er sah seinen weißen Hintern auf und niedergehen und schämte sich zu Tode. Darum machte er lieber gar nichts. »Und wie steht's mit dem Stuhlgang?« fragte ich. Darüber hatte er noch nicht objektiv nachgedacht.

Vielleicht haben Männer ja recht, wenn sie sich vor Frauen fürchten. Manche Frauen benehmen sich wirklich unmöglich. Sie schreien laut oder fordern undurchführbare Leistungen. Es gibt Frauen, die im Liebesfeuer den Rücken des Geliebten zu Fetzen kratzen oder ihm die Zähne in die Schulter schlagen.

Doortje ist ein Fall für sich. Doortje hat ein Hobby, er heißt Huub. Pausenlos ersinnt Doortje neue Möglichkeiten, um Huub so blöd wie möglich erscheinen zu lassen. Auf Familienfesten erzählt sie von den Ferien, in denen Huub angeln wollte und jeden Tag so lange brauchte, um seine Angeln zu überprüfen, daß er nie ans Wasser kam, oder darüber, wie er ein Bild aufhängen wollte und dabei seinen Ärmel gleich mit annagelte, darüber, wie er die Polizei anrief und den Diebstahl seines Wagens meldete. Das Auto stand in der Garage. Während Doortje erzählt, sitzt Huub da und lacht dämlich. Er weiß es nicht besser. Ihr Liebesleben torpediert Doortje, indem sie in einer Menstruationshose im Bett paradiert. Das ist eine kluge Unterhose mit Plastikeinlage, die manche Frauen während ihrer Periode tragen. Vielleicht ein praktisches Kleidungsstück, aber der absolute Liebestöter. Huub läßt sich von der Menstruationshose entmutigen, und Doortje lacht ihn aus: »Schlappschwanz«, schimpft sie. »Tote Hose!«

Nicht jeder Huub hat eine Doortje. Es gibt Männer, die auch ohne Terror kein Interesse am Sex finden. Das ist öde genug für ihre Geliebte, aber es kommt noch etwas dazu: Männer teilen es auf so wenig elegante Weise mit. Wenn eine Frau keine Lust hat, dann erzählt sie eine nette Geschichte, eine freundliche Entschuldigung, durch die sie die Verantwortung übernimmt. Kopfschmerzen, zum Beispiel, oder daß es schon so spät, so kalt oder so heiß ist. Männer tun das nicht. Die lassen unbekümmert die Spannung steigen, dann murmeln sie »gute Nacht« oder »quengel nicht« und scheren sich nicht weiter um die Etikette. Ich kenne nur einen Mann, der weiß, was sich gehört. Er ist verrückt nach seiner Frau, am Sex findet er aber nur die Intimität interessant. »Wollen wir uns nicht ins Bett legen?« fragt er sie. »Dann können wir so tun, als ob wir gerade gevögelt hätten!«

Lieb

Als Sambia-Jan aus Sambia zurückkam, hatte er sich verändert. Er hatte Selbstvertrauen entwickelt und verachtete die Niederlande. Er erzählte oft und gern von den Vorteilen Sambias und vor allem von den dortigen Frauen. Die waren lieber, besser und im Bett enthusiastischer als alle Frauen, die Sambia-Jan in den Niederlanden jemals in den Armen gehalten hatte. Ich konnte mir gut vorstellen, warum er so dachte. Schon vor seiner Reise war er nicht gut angekommen, Frauen fanden ihn öde. Nach seiner Rückkehr in die Niederlande war er immer noch öde, aber nun erregte er noch dazu Ärgernis. Auch ich fand ihn reichlich langweilig, vor allem, wenn er sich darüber beklagte, daß Niederländerinnen nicht lieb wären. Lieb! Pfui Teufel! Eine liebe Frau lächelt, eine liebe Frau nimmt sich zurück, sie denkt erst an andere und zum Schluß an sich selber. Sie ist erst glücklich, wenn alle in ihrer Umgebung das auch sind, eine liebe Frau ist warm, sanft und interessiert.

Und was bekommt sie dafür? Ganz einfach, einen Mann. Und wenn sie den hat, dann wird sie noch lieber. Sie hält sich im Hintergrund, sie ermutigt ihn, sie sorgt für ihn, ist hingebungsvoll, mäkelt nicht an ihm herum und macht ihm keine Vorschriften. »Was hast du für eine liebe Frau«, sagt alle Welt zu ihrem Mann. Das ist ihr einziger Lohn, ansonsten hat sie nichts davon. Vielleicht ist ihr Mann auch lieb, aber das ist durchaus nicht sicher. Es gibt recht viele Mistkerle, die einen Schatz von einer

Frau haben. Warum verpaßt diese Person so einem Mann keinen Tritt an eine Stelle, mit der er nicht so schnell ausweichen kann? Warum bleibt sie immer lieb? Das kommt von der Sucht. Liebsein macht süchtig.

Es hat schon angefangen, als ich klein war. Ich hatte Angst vor anderen Kindern, weil ich arg gehänselt wurde. Statt ordentlich um mich zu schlagen, versuchte ich, meine Feinde zu besänftigen. Darauf fielen die Kinder nicht herein, die Erwachsenen dagegen wohl. Die fanden mich niedlich. Meine ganze Jugend hindurch bin ich von großen Menschen hochgehoben, beschmust und geknuffelt worden. Während andere Kinder schön Krach machen konnten, habe ich die Blumen gegossen. Nach der Schule las ich lieb ein Buch.

Lieb und öde, was für eine triste Kombination.

»Du aber auch immer mit deinen Einteilungen!« sagte ein Mann, der glaubt, einen äußerst weiblichen Geist zu haben. »Ich bin doch zum Beispiel ein lieber Mann.« Er ist auch wirklich sanftmütig, ruhig und freundlich, aber das ist doch nicht lieb. Er nimmt sich nicht zurück, er kocht kein Essen, auf das er keine Lust hat, er schmeichelt niemandes Selbstvertrauen mit ausgedienten Komplimenten. Und auf der Straße macht er ein mürrisches Gesicht, wenn er dazu Lust hat. Wenn eine Frau das macht, kommen gleich die Beschwerden. Eine Frau muß lieb sein, finden die Männer.

Zum Glück gibt es Frauen, denen das alles ganz egal ist. Marja zum Beispiel. Marja ist ein Hai. Sie ist verheiratet, um nicht arbeiten zu müssen, hat eine Stelle, um sich nicht um den Haushalt kümmern zu müssen, sie hat einen Liebhaber, der Geschenke wegen. Marja ist verrückt auf Geschenke, und wenn der Liebhaber ihr nicht regelmäßig eins mitbringt, dann schmollt sie und droht, alles ehrlich ihrem Mann zu beichten. Damit hat sie ihren Liebhaber in der Zange, ihr Mann ist nämlich sein Chef. Marja genießt ihre Macht.

Gemma ist auch ganz schön übel. Gemma hat ein Haus und einen Freund. Wenn sie morgens aufwacht, dann weckt sie ihn auch. »Es ist halb acht«, flüstert sie eindringlich. Das kommt sicher in vielen Haushalten vor, wo die Leute morgens zur Arbeit müssen. Aber Gemma arbeitet nicht, und ihr Freund braucht erst zur Direktorenzeit anzufangen. Sie weckt ihn, weil sie Tee möchte, und den muß er aufsetzen. Gemma kann es nicht vertragen, wenn ihr Freund im Bett liegt, während sie schon aufgestanden ist. Manchmal probiert der Freund das allerdings. Das hält er dann eine halbe Stunde lang durch. In dieser halben Stunde stellt sie Fragen: Was er tagsüber tun will, wo die Seife liegt, ob er einen Kater hat. Warum er immer wieder bei Gemma übernachtet, ist mir ein Rätsel. Er hat auch ein eigenes Haus, aber das renoviert er pausenlos. Manchmal zieht Gemma für eine Weile zu ihrer Schwester nach Brüssel. Dann kümmert sich ihr Freund um Gemmas Haus. Wohnen darf er dort nicht, das will Gemma nicht, aber er soll die Post auf einen Stapel legen und die Fische füttern. »Macht er das?« fragte ich verblüfft. »Ja, natürlich!« sagte Gemma. »Er liebt mich doch.«

Wenn wir das Liebsein erst einmal abgeschafft haben, dann sind die Möglichkeiten unbegrenzt. Yolanda ist Beamtin. Sie hat ein gutes Gehalt und schöne Karrierechancen. Sie wohnt mit einem Mann zusammen, der Sozialhilfe bezieht. Wenn das Sozialamt das herausfände, dann würde der Freund seine Sozialhilfe verlieren. Das würde Yolanda nicht gefallen. Yolanda führt gewissenhaft Buch. Wenn sie einkauft, präsentiert sie ihm nach dem

Dessert die Rechnung, der Freund muß die halbe Miete bezahlen und sich an den Benzinkosten beteiligen. »Ich will nicht, daß er mir auf der Tasche liegt«, sagt Yolanda. »Das ist nicht gut für seine Selbstachtung.«

Während die Hexen, die Biester und die Xanthippen die Welt nach ihrem Geschmack einrichten, kochen die lieben Frauen Kaffee. Sie sind niemandem lästig, und wenn ihnen selber jemand lästig wird, dann wissen sie nicht, wie sie sich verteidigen sollen. Ich kenne einen Schatz von einer Frau, die noch dazu schön ist. Männer sind nicht von ihrer Seite zu vertreiben. Verzweifelt macht sie den Versuch, aber sie ist zu lieb, um sie erfolgreich abzuservieren. Wenn sie »verpiß dich!« ruft, strahlen die Männer. Was für ein süßes Ding! denken sie.

Das muß einfach ein Ende nehmen. Liebe Frauen müssen ihre Sucht überwinden. So wie Ohnmacht, Keuschheit und Hüftgürtel aus der Mode gekommen sind, wird Liebsein zur Seltenheit, zur Kuriosität, zu einer intimen Perversität, der eine Frau sich ein seltenes Mal vielleicht hingibt, weil es der Liebe nützt. Aber nur ganz kurz, und danach faucht sie aus Herzenslust weiter.

Gesprächsthema Sex

Ich gehe nie fremd. Schon über sieben Jahre schlafe ich mit demselben Mann, und ich habe ihn noch nie betrogen. Das ist nicht schwer, ich bin nämlich nicht neugierig. Ich habe schon eine Menge Männer in den Armen gehalten, und ich könnte auch gut so weitermachen, aber etwas Neues kommt ja doch nicht dabei heraus. Wenn ich an die Stümperei im Geheimen und an die traurigen Gespräche mit dem Verlobten denke, der natürlich doch dahinterkommt, ist meine Lust gleich wieder verdorrt. Ich weiß etwas viel schöneres als Sex mit anderen Männern: Sex als Gesprächsthema.

Früher habe ich mich nie getraut. Männer waren doch so unberechenbar. Wenn wir an der Straßenbahnhaltestelle mit ihnen ins Gespräch kamen, boten sie nach ein paar Minuten gleich Kaffee und einen Samenerguß an. Das wollte ich nicht, deshalb wurde ich beim ersten Wort eiskalt, das auch nur im entferntesten auf Begehren hinzuweisen schien. Das geht vielen Frauen so. Deshalb trauen Männer sich nicht, fiese Wörter zu benutzen, wenn Damen in der Nähe sind, und deshalb machen Frauen ein mißbilligendes Gesicht, wenn sie einen *Playboy*-Kalender an der Wand hängen sehen. Eigentlich haben Frauen viel schweinischere Gedanken als Männer. Männer wollen zwar ihre Sprüche klopfen, aber sie wollen sie doch nur selten in die Tat umsetzen.

Übers Vögeln reden finden sie schon spannend genug. Ich auch. Natürlich meine ich damit kein geiles Gerede.

Mit Männern, die so reden, würde ich auch nicht ins Bett wollen. Ich brauche kein Kaninchen, auch nicht als Gesprächspartner. Aber eine nette Unterhaltung über Küsse in einer dauerhaften Beziehung, über Nahtstrümpfe oder über die Empfindlichkeit männlicher Brustwarzen finde ich aufregend. Das habe ich 1977 entdeckt. Ein Freund, der in Scheidung lag, kam zu Besuch. Wir sprachen über die Scherben seiner Ehe. Seine Frau hatte eine Gruppentherapie angefangen und sich in den Therapeuten verliebt. Sie führte mit diesem Mann innige Gespräche in ihrem Arbeitszimmer, und dagegen hatte Joop protestiert.

»Du glaubst doch wohl nicht, ich sitze hier unten bei einer Tasse Tee, während dieser Heini da oben an dir herumpudelt!« hatte er gebrüllt. Seine Frau hatte ihn unbeeindruckt angeschaut. »Später habe ich begriffen, warum«, sagte Joop. »Sie kannte den Ausdruck pudeln nicht.« – »Macht ihr das denn nie, Joop?« fragte ich. So hat es angefangen.

Ich weiß inzwischen bei sehr vielen Männern, wie sie im Bett sind. Ich weiß, was sie gut können, was sie nicht mögen und worüber sie phantasieren. Vor allem finde ich es interessant, über Phantasien zu sprechen. Darüber hören wir viel zu selten etwas. Ein fester Verlobter erzählt nicht so leicht, daß er an eine dicke Schlampe denkt, während er seine schlanke Frau liebt. Das würde das Vertrauen doch arg untergraben. Phantasien handeln immer von etwas, das im Moment *nicht* geschieht. Deshalb ist es unhöflich, den Partner darüber zu informieren. Ich weiß wirklich nicht, woran mein eigener Verlobter im Bett denkt. Wenn ich ihn frage, dann antwortet er steif und fest: »An dich.«

Das ist sehr nett und vermutlich nicht wahr.

Ich denke gern an eine derbe, stämmige Maid, die mitten in der Arbeit eine plumpe Nummer mit einem ausgesprochen häßlichen Mann hinlegt. Das ist natürlich keine besonders elegante Phantasie, aber ich will auch gar keinen Preis dafür bekommen.

Ein Kollege von mir hat auch eine ganz schlimme: Vor einem Schaufenster steht eine Dame und betrachtet die ausgestellten Waren. Er nähert sich von hinten, hebt ihren Rock und nimmt sie mit einer mächtigen Bewegung seiner brennenden Lenden.

Onanie ist ein schwieriges Thema, darüber sprechen die Leute nicht unbefangen. Das liegt an der Sprache. Es gibt keine brauchbaren Wörter. Selbstbefriedigung ist sehr nett, aber als Verb wird es so schrecklich schwerfällig. Wichsen ist nur für Männer brauchbar, Fingern ein fieses Wort. Onanieren also, und ich bin immer schrecklich neugierig, wie oft die einzelnen es tun. Und wo. Ich kenne einen Lehrer, der sich jedesmal, wenn er zu Hause an den Klassenarbeiten sitzt, einen runterholt. Nicht einmal, sondern oft gleich dreimal! Das kommt von Langeweile und Ärger, sagt er.

Ich frage auch gern, wer ihnen das Onanieren beigebracht hat. Die meisten Männer lernen es von einem älteren Bruder oder einem Freund, aber einige haben es auch selber entdeckt. Einer hat mir erzählt, daß er als kleiner Junge mit den Fingern seine Vorhaut festhielt und schüttelte. Das machte er einfach. Dann merkte er, daß es angenehm war. Erst viele Jahre später ist er dahintergekommen, daß es noch eine bessere Methode gibt.

»Zwischen Mann und Frau gibt es keine Freundschaft«, hören wir oft von Frauen. »Es artet doch immer in Sex aus.« Das stimmt natürlich, aber warum sollen wir es nicht trotzdem genießen? Ich finde, daß Sex eine

Freundschaft bereichert, und sei es nur wegen der Intimität. Wir dürfen nur nicht alles gleich in die Tat umsetzen wollen. Das dauert zu lange. Gespräche über Sex sind nicht nur gemütlich, spannend und interessant, sie können auch zu netten Entwicklungen führen. Ehe wir noch piep sagen können, haben wir schon das Thema »besondere Leckerbissen« am Wickel. Wenn wir alles selber ausführen wollten, würden wir das in einem ganzen Jahr nicht schaffen, und schon gar nicht mit vielen Männern gleichzeitig.

Wer hat behauptet, es sei so schwer, mit einem Mann zu reden? Es ist überhaupt nicht schwer, im Gegenteil. Nur müssen wir das Thema sorgfältig aussuchen. Über Sex reden sie gar zu gern. Schade, daß Frauen so zurückhaltend sind. Sie wissen nicht, was ihnen entgeht!

An die Männer gewöhn' ich mich nie

»Die Männer sind nicht stubenrein.« Das ist nicht auf meinem Mist gewachsen, jemand anders hat es gesagt, eine Frau, die wußte, wovon sie sprach. Sie ist schon seit siebzehn Jahren verheiratet und damit nicht zufrieden. Ihr Mann ist ein schweigsamer Brüter, mit dem sie nur wenig Nettes erleben kann. Sie hat ihn geheiratet, weil er sie so bedrängt hat. Damals war er auch nicht sehr amüsant, aber er sah sie so hilflos an, daß sie ihn trotzdem genommen hat.

Das hat sie bereut. Er ist mürrisch im Umgang, und es bringt viel Arbeit mit sich, ihn zu versorgen. Seine stinkenden Socken läßt er liegen, wo sie fallen, er bringt keine Kaffeetasse in die Küche, und er ist mit allem unzufrieden. Wenn seine Frau nicht genau dasselbe kocht wie seine Mutter ihm vor vierzig Jahren vorgesetzt hat, dann beschwert er sich.

Es wäre ja alles noch zu verzeihen, wenn er auch seine guten Seiten hätte. Bilder aufhängen, Lichtschalter montieren, kleine Reparaturen – aber das schafft er nicht. Er liest die Zeitung und geht zur Arbeit, das ist alles.

Der Mensch beginnt als Embryo. Ganz zu Anfang kann der Embryo noch zu Mann oder zu Frau werden, aber nach einigen chemischen Schaltungen ist der Lebensweg festgelegt. Nach der Geburt geht die Entwicklung weiter, aber die Fachleute können sich nicht einigen, ob Umgebung oder Veranlagung entscheiden, ob jemand Zimmern oder Staubwischen, Billard spielen oder Knöpfe annähen lernt.

Ich bin eine gute Hausfrau. Früher hatte ich grundsätzliche Einwände dagegen. Mit Absicht ließ ich den Bogenhanf verdorren, die Wäsche verfärben und das Essen mißraten. Ich dachte, mein Mitbewohner würde sich dadurch spontan an die Hausarbeit machen. Das war nicht so. Der ganze Kram verrottete, und die einzige, die darunter litt, war ich. Ich ekele mich vor Staub, es juckt mir in den Fingern, wenn ich Tassenringe auf einem Tisch sehe, und wenn meine Wäsche auf der Leine hängt – erst die großen Teile, dann die kleinen –, dann fühle ich mich glücklich. Meine Wäsche.

Früher habe ich nicht gewagt, so etwas zu denken.

Der Feminismus ordnete an, Frauen müßten Mauern und Fräsen lernen, und das nahm ich mir zu Herzen. Bei mir zu Hause gibt es noch einen blöden Blumenkasten aus Backsteinen und die vielen schiefen Steckdosen, die ich damals angebracht habe.

Darüber bin ich inzwischen hinaus.

Männer verändern kostet viel Zeit, und ich habe nur selten Ergebnisse gesehen.

Meine Schwester hatte einmal einen braven Mann. Er war modern erzogen und kannte es nicht anders, als daß er im Haushalt helfen mußte. Das reichte meiner Schwester aber nicht. Hälfte/Hälfte, sagte sie kühn, und dann verteilte sie die Aufgaben. Neben seinem Rasierpinsel hing die Liste der anfallenden Arbeiten. Das half überhaupt nichts. Ihr Mann machte brav, was sie ihm auftrug, falls er es nicht vergaß, aber es blieb eben beim Helfen. Meine Schwester war stocksauer, aber das beeindruckte ihn auch nicht. Schließlich war sie öfters stocksauer.

Einen Mann zur Sauberkeit zu erziehen muß sehr behutsam geschehen. Zuviel schimpfen hat den entgegengesetzten Effekt. »Du bist auch nie zufrieden!« sagt er dann und verschmiert aus purem Trotz Eigelb im Perserteppich.

Auch mit Komplimenten müssen wir vorsichtig sein. Wenn ein Mann dreimal gelobt wird, weil er gespült hat, dann wird er mißtrauisch, hat Angst, den Markt zu verderben. Eine Haushaltsarbeit muß sinnvoll sein, nicht zu oft anfallen und leicht auszuführen sein, dann macht er sie; Kleider waschen, wenn nichts Sauberes mehr vorhanden ist, oder die Müllsäcke nach draußen bringen, wenn sie den Flur verstopfen.

Nicht alle Männer halten Putzen für widernatürlich, manche halten es sogar für die normalste Sache der Welt, wenn sie Fensterputzen müssen. Blöderweise sind das nicht die nettesten Männer. Bert zum Beispiel verlegt sich immer, wenn er sich darüber ärgert, daß die Kinder zu laut sind, die Zeitung zu spät kommt oder das Auto kaputt ist, aufs Staubsaugen. Sehr geräuschvolles Staubsaugen, bei dem die Möbel energisch hin und her geschoben werden, und er nimmt sich vor allem Stühle vor, auf denen jemand sitzt. Mit seiner haushaltlichen Unschuld hat er allerdings auch seine Gelassenheit verloren. Ich habe ihn einmal seine Familie anpöbeln hören, weil die Brottüte in der Mitte aufgerissen worden war. Das soll man sich vorstellen, in der Mitte!

»Begreift ihr denn nicht, daß dadurch das Brot hart wird? Jetzt können wir die Tüte doch nicht mehr zumachen!«

»Wir haben doch eine Brottrommel, Pa!« hielt sein Sohn zaghaft dagegen.

»Es geht ums Prinzip!« polterte Bert.

Er ist ein Perfektionist. Früher hat er ganze Tage, sogar

ganze Wochen geschuftet, bis er einen Herzanfall hatte und der Arzt es ihm verbot. Seine Frau nutzte seine vorübergehende Hilflosigkeit aus und erklärte, daß sie keine Lust mehr hätte, Socken zu waschen oder den Kindern hinterherzuräumen. Sie suchte sich eine Halbtagsstelle, und seitdem teilen sie und Bert sich die Hausarbeit. Aber Bert kann nicht maßhalten: Er bügelt die Socken. Ich mag mir gar nicht vorstellen, so einen Mann im Haus zu haben.

Es scheint mir ohnehin nicht ratsam, einen Mann ins Haus zu nehmen. Eigentlich wird das nur zur Belastung. Wie praktisch wäre da doch eine Institution, eine Pension für Ehemänner, wo sie ungestört mit ihrer Unterwäsche um sich schmeißen, ihren Kaffee verkleckern und ihre Haare waschen könnten. Nur für die Gemütlichkeit kommen sie dann ins Haus.

Ich kenne eine Familie, die ungefähr so lebt. Er hat ein Zimmer in der Nachbarschaft seiner Frau und seiner Kinder. Das kommt vielleicht ein bißchen teurer, aber es erspart doch großes Elend. Tagsüber kommt er nach Hause essen, und meistens bleibt er dann über Nacht. Seine Kinder zeigen ihm ihre Zeichnungen, und er ist nett zu ihnen.

»Jetzt kann ich mit ihm leben«, erzählte seine Frau. »Früher habe ich oft geseufzt. Die Männer sind eben nicht stubenrein.«

Liebestöter

Nach einem Jahr Liebe, einem Jahr Zweifel, einem gebrochenen Herzen und einigen Monaten Stille beschloß ich, das Problem zu verändern. Ich ging auf Jagd. In Kneipen, in Parks und Grünanlagen, überall gibt es Männer in reicher Auswahl. Um jedenfalls ein gemeinsames Vergnügen zu garantieren, fing ich in der Kneipe an. Da war es nicht schwer, einen passenden Knaben aufzutun, mit dem ich die Nacht verbringen konnte. Ich nahm ihn mit nach Hause, und wir gingen ans Werk. Soweit war alles wunderbar. Der Nämliche war nett anzusehen, freundlich im Umgang und hatte eine saubere Unterhose. Letzteres ist sehr wichtig. Wenn ein fester Verlobter braune Streifen in der Wäsche hat, dann können wir böse werden, und wenn das nicht hilft, verzweifelt, aber er bleibt doch unser eigener Freund, den schicken wir so leicht nicht weg. Bei einer Aushilfskraft liegt das anders. Dieser Mann war in Ordnung, das stand fest. Aber als wir voll in Gang gekommen waren, geschah es: Er rief ein Wort. Ein fieses Wort. Das hätte er nicht tun dürfen. Zehn Sekunden früher war er noch ein begehrenswerter Liebhaber gewesen, jetzt dachte ich: Pfui Teufel! Vielleicht hätte ich ihn energisch aus dem Bett werfen sollen, aber das tat ich nicht. Ich dachte, es wäre für ihn allzu enttäuschend. Vielleicht hatte er es aus Enthusiasmus gerufen, als Beitrag zur Erregung. Aber ich fand es nicht geil, im Gegenteil: Wer fiese Wörter sagt, ist erledigt.

Menschen sind sehr empfindlich in ihrem Sexualleben.

Von Frauen wissen wir schon, daß sie so verfeinert sind, daß Sex eigentlich nicht schön genug ist, aber auch Männer, die energisch beteuern, daß sich in ihrem Innersten ein Kaninchen versteckt, brechen einfach ab.

Ich kenne einen Mann, der kein weiches G ertragen kann. Weil er ein gebildeter Mann ist, der weiß, daß ein solches Vorurteil durch nichts gerechtfertigt werden kann, wird er ab und zu mit einem Schatz aus Limburg oder Brabant im Arm wach.

»Am Vorabend ging noch alles gut«, sagt er zur Entschuldigung. »Da sehe ich, wie lieb sie ist, oder wie schön, aber morgens sehe ich dann nur noch das G auf dem Kissen liegen.« Jetzt nimmt er niemanden mehr mit nach Hause. Lieber übernachtet er auswärts. »Dann kann ich mir morgens schnell meine Jacke anziehen und sagen, ich müßte zur Arbeit oder zu meiner Mutter nach Apeldoorn.«

Manche Menschen verlieren schon beim Anblick der Inneneinrichtung die Lust. Eine Freundin, die es in der Welt der Literatur sicher noch weit bringen wird, hat mir erzählt, daß sie einmal auf dem Absatz kehrtgemacht hat, als sie sah, daß der Mann, mit dem sie nach Hause gegangen war, lediglich ein Konversationslexikon im Bücherregal stehen hatte. Das fand ich doch leicht übertrieben. Sie hatte ihn sich doch nicht wegen seiner geistigen Tiefe ausgesucht? Solange er nicht anfängt, vorzulesen, würde mir das nichts ausmachen. Das mit dem Vorlesen ist nicht einfach nur so dahergeredet. Ich habe es durchaus erlebt, daß ein Mann im Bett plötzlich vorlesen wollte, und dann auch noch aus der Bibel. Er las das Hohelied, das natürlich prachtvoll ist, aber richtig vertrauen konnte ich ihm dann nicht mehr. Und als er kurz vor dem Orgasmus anfing, »Engel, Engel« zu stöhnen, war alles im Eimer.

Erbsensuppe, dachte ich. Das hatte ich von einem Freund. Der litt so schrecklich unter Ejaculatio praecox. Wenn er innerlich immer wieder »Erbsensuppe« murmelte, dann dämpfte sich seine Erregung, und er brachte doch noch etwas zustande. Seit er mir das erzählt hat, fällt mir unweigerlich dieses Wort ein, wenn es mir im Bett nicht mehr gefällt. Das Blöde mit den Liebestötern ist, daß sie immer im unpassenden Moment auftreten. Man kann doch nicht zurück, wenn man erst einmal im Bett liegt. Ein Mann kann immer noch impotent werden, aber für eine Frau ist das nicht so einfach.

»Was heißt hier einfach!« schimpfte Andy. Andy ist prachtvoll. Er hat einen strahlendschönen Körper, blonde Locken und grüne Augen. Viele Frauen schmieden bei seinem Anblick Pläne, aber Andy hat einen schlechten Ruf. Er gibt im Bett einfach auf. »Ich kann nichts dafür«, sagte er verzweifelt. »Es gibt soviel, was ich nicht vertragen kann. Strumpfhosen zum Beispiel, eine Frau mit einer Strumpfhose, so einem Strumpf, der bis zur Achselhöhle reicht. So was ist doch bloß brauchbar bei einem Überfall! Und Zehen, ich kann komische Zehen nicht ausstehen. Ich hatte eine Zeitlang eine Freundin, eine liebe Frau, aber sie hatte so komische Zehen! Sie sahen aus wie Wurzeln. Nach und nach konnte ich nirgendwo anders mehr hinschauen!«

Ich sah, wie ihm der Schauer über seinen wohlgeformten Körper lief. »Und der Geruch! Manche Frauen haben einen unangenehmen Geruch. Daran können sie vielleicht nichts ändern, aber sie könnten sich doch vorher wenigstens kurz waschen! Ich scheine der einzige zu sein, der das riecht, denn einige Frauen, bei denen ich überhaupt nicht konnte, hatten lange Beziehungen hinter sich.«

Traurig musterte er seinen Hosenschlitz. »Offenbar habe ich da eine Nase und keine Eichel.«

Andy hat eine Spur von gebrochenen Herzen hinter sich gelassen. Nur die Freundin mit den Zehen kam schnell darüber hinweg. Sie hat dafür eine Methode: Liebestöter. Sie trauert einem Mann niemals lange nach, hat sie erzählt. »Wenn ich mir einen Mann vorstelle, dem die Hose auf den Knöcheln hängt, dann muß ich einfach kichern. Das ist so ein bescheuerter Anblick, daß ich mir dieses Bild nur vorzustellen brauche, und schon ist die Liebe vorbei. Und wenn das nicht gleich hilft, dann stelle ich mir noch eine Erektion vor, denn ein Mann mit einer Erektion und heruntergelassener Hose tötet einfach alle Sehnsucht.« Sie lächelte höhnisch.

»Mit Andy war das absolut kein Problem. Andy ist ein bißchen schief, er hat einen Knick in seiner Latte.«

Ach, dachte ich gerührt. Andy hat einen Knickpimmel. Aber da sah ich denselben plötzlich vor mir.

»Erbsensuppe«, sang meine innere Stimme.

Liebe mit Sex

»›Willst du mich heiraten, Lindsay?‹ – ›O, Steven! O mein Liebling – ja!‹ Sie flogen einander in die Arme und tauschten einen langen, innigen Kuß.« So endet der spannende Damenroman *Die Sterne des Himmels* von Meg Dominique, dem Buch, das einer Dose Haarspray als Gratis-Zugabe beilag. Sieben Jahre lang war ich süchtig nach solchen Romanen.

Das fing 1976 an, als ich alles Vertrauen in die Liebe eingebüßt hatte. Damals mietete ich mich auf einem abgelegenen Bauernhof in Friesland ein, wo es weder Strom noch fließendes Wasser gab. Statt dessen gab es stapelweise Romanheftchen. »Möchtest du einen Küchenmädchenroman?« fragte die Gastgeberin. Von diesem Augenblick an war ich unersättlich. Ich las pro Tag mindestens drei von diesen Dingern. Ich entdeckte die verschiedenen Reihen. Alte Vorräte waren rasch erschöpft, und die Sucht setzte mir immer schlimmer zu. Jeden Monat erschienen in meiner Lieblingsreihe fünf neue Titel. Die hatte ich innerhalb von zwei Wochen verschlungen.

Eines Tages war das vorbei. Mitten in den Verwicklungen der verletzlichen jungen Journalistin Mercedes und des dunklen verschlossenen Großgrundbesitzers Dominic wurde mir klar, daß es mich nicht die Bohne interessierte, ob die beiden sich kriegten oder nicht. Sieben Jahre Damenromane lagen hinter mir.

Menschen, die noch keine gelesen haben, bilden sich ein, Damenromane handelten von Liebe. Das stimmt nicht. Sie handeln von Sex. Liebe ist nicht sexy. Deshalb hört die Erzählung in dem Moment auf, wo der Rausch der Verliebtheit mit einem Gelöbnis für den Rest des Lebens besiegelt wird. Erst dann ist die Rede von wahrer Liebe, und für die gierige Leserin gibt es nichts mehr zu erleben. Echte Liebe, die haben sie zu Hause auch. Die gurgelt morgens mit Mundwasser im Badezimmer, die erscheint an ihrem freien Tag im Schlafanzug zum Frühstück. Es ist die Verliebtheit, die ihr fehlt, die Erregung, die Verheißung sexueller Wonnen. Und die gibt es im Damenroman zuhauf. In jedem Heftchen gibt es einen neuen Anfang, eine atemraubende Romanze. Jeder Kuß jagt Schauer über ihren Rücken, und in ihren grauen Augen schwelt eine unermeßliche Leidenschaft.

Sex ohne Liebe ist kühl und unpersönlich, aber zuviel Liebe tut auch nicht gut. Liebe ist von Haus aus so gemütlich und unterhaltend, daß Sex bald überflüssig wird. Wenn wir die ganze Nacht dicht beieinander geschlafen haben, ist es nicht selbstverständlich, daß die vertrauten Körperformen uns beim Erwachen in wilde Leidenschaft versetzen. Menschen, die sich sehr lieben, versuchen auf alle mögliche Weise zu verhindern, daß die Liebe mit ihrem fetten Hintern allen Sex zerquetscht. Ich kenne eine Frau, die entsetzliche Streitereien vom Zaun bricht. Ihr Mann hat einmal erklärt, daß er sie verabscheut, wenn sie loswütet, aber daß sie sich von selber wieder beruhigt, und wenn sie sich dann mit schuldbewußtem Gemüt um ihn bemüht, fühlt er sich wie ein Eroberer. Ihr Sexualleben ist phantastisch, das finden sie beide. Ich finde ihre Methode ziemlich primitiv. Es gibt viel bessere.

In Wochenzeitschriften für moderne junge Menschen kommt das Thema oft zur Sprache. Dort werden verschiedene Methoden beschrieben, mit denen Liebespartner versuchen, die Liebe im Zaum zu halten, um damit den Sex zu retten. 1979 wurden getrennte Wohnungen empfohlen. Der Vorteil dieser Methode ist, daß der andere nicht dauernd zur Verfügung steht. Wir müssen Zeitpunkt und Ort verabreden, wenn wir uns sehen wollen. Das schafft eine nette Distanz. Beteiligte an einer Beziehung mit getrennten Wohnungen hatten nicht die Möglichkeit, vollständig ineinander aufzugehen. Der Abwasch im einen Haus war sein Abwasch, der im anderen der ihre.

1984 las ich einen Artikel über getrennten Urlaub. Menschen, die im täglichen Leben alles zusammen machten, verreisten im Sommer allein. Sie schickten vielleicht eine Ansichtskarte und brachten ein Geschenk mit, aber sie erzählten einander nicht, was im Urlaub genau vorgefallen war. Das machte das Abenteuer noch spannender. Nach den Ferien umarmten sie einander, und die sexuelle Ekstase kannte keine Grenzen. »Die Beziehung war wie neu«, sagten sie wie aus einem Munde, und wenn nach dem langen Winter die Wollust langsam abnahm, dann reichte der Gedanke an die bevorstehende Sommersaison, um alle Klagen im Keim zu ersticken.

Seit der Ankunft der unheilbaren Geschlechtskrankheiten ist die Begeisterung für die getrennten Ferien stark geschrumpft. Niemand spricht noch davon. 1986 gab es eine kurze Zeit, während der von sexueller Enthaltsamkeit die Rede war. Das Neue Zölibat sollte in Mode kommen. Das ist natürlich Unsinn. Sex ohne Liebe mag ein Notbehelf sein, Liebe ohne Sex ist nur noch doof. Dann sollte man lieber bei Vater und Mutter wohnen bleiben.

In diesem Jahr haben Menschen, die über Trends Buch führen, eine ganz neue Erscheinung entdeckt: getrennte Schlafzimmer. Moderne Menschen haben sie schon. Statt des einen großen Schlafzimmers mit einem platzraubenden Zweipersonenbett und einem unbezwinglichen Bettbezug werden zwei kleine Zimmer eingerichtet. Ich kenne jemanden, der so lebt. Seine Freundin litt unter Schlaflosigkeit. Wenn sie nachts im Dunkeln lag und grübelte, verwünschte sie seine ruhigen Atemzüge, das zufriedene Schmatzen, das sie hörte, das wollüstige Gebrumm, wenn er sich behaglich auf die andere Seite drehte.

Sie kaufte sich ein neues Bett und richtete das Mansardenzimmerchen für sich ein. Seither schläft sie wie Dornröschen, und ihr Liebesleben blüht wie nie zuvor. Behutsam klopft er an ihre Schlafzimmertür. Ob sie wohl auch solches Verlangen nach ihm hat? Er hat ihr einen Strauß Gänseblümchen mitgebracht.

»Gestern abend war es wunderbar«, flüsterte Lindsays Mund an seiner Schulter. »Du warst hinreißend.« Innig streichelte er ihren Hals.

»Weißt du, was ich dachte, als ich wachgeworden bin und du verschwunden warst?«

»Sag es mir.«

»Daß ich nur von dir geträumt hätte.«

Unglückliche Liebe

Manche Bücher haben wunderbare Titel. *Die einzig dauerhafte Liebe ist die unglückliche Liebe* ist so ein Fall. Der Inhalt ist auch ganz nett, aber den hätten sie eigentlich weglassen können. Unglückliche Liebe ist, mehr noch als eine unglückliche Jugend, eine unerschöpfliche Goldmine für einen Schriftsteller. So eine Jugend hat man nur einmal, und in den Niederlanden scheinen alle dieselbe durchgemacht zu haben: Eine protestantisch-christliche mit viel schöner Natur. An unglücklichen Lieben können wir uns unbegrenzt bedienen.

Ich habe früh damit angefangen. Ich war elf und verliebt in Maarten Binnendijk. Er interessierte sich aber nicht für mich, schlimmer noch, er wußte nicht einmal, daß es mich gab. Und dabei saßen wir in derselben Klasse, der siebten, wo er sich seit Jahren herumquälte, bis er vierzehn war und sich eine Stelle suchen konnte. Er sah mich nicht. Verzweifelt versuchte ich, seine Aufmerksamkeit zu erregen, aber nichts half, weder kichern noch flirten, es hätte schon etwas Großartiges passieren müssen.

»Ich bin in Maarten Binnendijk verliebt«, schrieb ich in mein Tagebuch, »ich wünschte, ich würde mir den Knöchel brechen.«

Eigentlich habe ich es nie weit gebracht; eine unglückliche Liebe kann viel mehr Tiefgang haben. Als ich noch Psychologin war, habe ich schöne Exemplare erlebt. Männer und Frauen, bei denen man niemals eine poetische Seele vermutet hätte, pflegten wahre Abgründe von unerwiderter Liebe.

»Es geht um Tineke«, erklärte ein Klient.

Er hatte ein häßliches Gesicht und kam mir überhaupt nicht begehrenswert vor, aber das war nicht der Grund, aus dem Tineke ihn verschmäht hatte. Sie hatte ihn durchaus gemocht, aber seine versengende Liebe wurde ihr sehr bald zu mächtig. Wenn sie einkaufen ging oder den Hund ausführte, wartete er am Fenster, bis sie zurückkam. Tagsüber rief er sie bei der Arbeit an, und abends sah er ihr schweigend beim Stricken zu. Nach ein paar Monaten beendete Tineke die Beziehung. Einen Hund hatte sie schon.

Von diesem Tag an entflammte sein Herz erst richtig. Alles, was sie tat, im Auge zu behalten war für ihn eine Ganztagsbeschäftigung, und er rief ihre Freunde an und bedrängte ihre Familie, ihm doch Neuigkeiten über sie zu erzählen. Das ging jahrelang so weiter. Als ich ihn zum erstenmal traf, schmachtete er schon seit fünf Jahren unter dieser Liebe.

Ich konnte nichts für ihn tun. Ein gebrochenes Herz kann genesen, gegen eine unglückliche Liebe ist die Therapie machtlos. Und so seltsam ist das doch gar nicht. Große Gefühle sind schön. Verglichen mit den Höllenqualen des Liebesverlangens ist Glück doch ziemlich zurückhaltend. Glück ist ein bißchen wie Ostereier: Das Suchen macht den meisten Spaß.

Nach Maarten Binnendijk bin ich noch mehrmals äußerst falsch verliebt gewesen, aber meine wahren Talente scheinen auf einer anderen Ebene zu liegen: Andere unglücklich zu machen. Ohne besondere Verdienste meinerseits erwachte in den Herzen guter Bekannter ein unstillbarer Hunger nach mehr. Zu Anfang fand ich das nicht schlimm. Die Freundschaft wurde zwar etwas zeitraubend, aber ich entdeckte erst, als es schon zu spät war, was ich für entsetzliche Verheerungen angerichtet hatte.

Ich hatte wichtige Fragen mit oberflächlicher Lustlosigkeit beantwortet, feinsinnige Geschenke nicht richtig zu schätzen gewußt, ich hatte ein Gedicht nicht verstanden und eine Verabredung, auf die der andere sich seit Wochen gefreut hatte, aus fadenscheinigen Gründen abgesagt. Zu Anfang hoffte ich noch, daß er mich ganz schnell sattbekommen würde, aber dann begriff ich, daß wir nicht so leicht davonkommen. Erst müssen wir auf die Liebeserklärung warten. Wir können natürlich gleich bei den allerersten Anzeichen fragen, ob jemand eine unkluge Liebe zu uns gefaßt hätte, aber das wäre doch unhöflich. So eine Frage unterstellt eine Intimität, vor der wir uns doch gerade schützen möchten.

Aber eines Tages ist es so weit: Ich liebe dich.

Ich versuchte alles: Verständnisvolle Gespräche, Flehen, Erklärungen, sogar Verbote.

»Ich will niemandes unglückliche Liebe sein!« schrie ich einen gequälten Knaben an, den ich kaum kannte und den ich überhaupt nicht begehrte. Schweigend blickte er mich an. Nach zwei Tagen bekam ich einen Brief, in dem er schrieb, was er nicht zu sagen gewagt hatte. Es war ein scheußlicher Brief voller Leidenschaft und Elend, die ich hervorgerufen hatte. Das fand ich am allerschlimmsten. Wenn wir uns vorstellen, daß uns jemand liebt, dann bilden wir uns doch ein, daß es sich um etwas Schönes handelt. Aber das ist nur selten der Fall. Die reine Trauerarbeit wird vor unseren Augen verrichtet: Wut, Trauer und schließlich Schicksalsergebenheit. Ich war eine schleichende Krankheit, ein ekles

Geschwür, und nur ein radikaler Eingriff konnte das Opfer noch retten.

Ob das anderen nie so geht?

»Aber ja doch«, sagte ein Mann mit veilchenblauen Augen. Er schielt ein bißchen und ruft Rührung hervor.

Ach, der Süße, denken die Frauen, aber sie wissen nicht, was dann kommt.

»Ich nutze die Situation immer ein bißchen aus«, sagte er mit liebem Grinsen. Verblüfft sah ich ihn an! Daß ich noch nie darauf gekommen war! Die ganzen Jahre lang hatte ich es falsch angefangen. Ich hätte Arbeiten vergeben, ein schönes Kunstwerk oder eine Heldentat ausführen lassen müssen. Was für eine Dummheit! Ich dachte, daß meine Anbeter durch das Feuer in ihren Herzen zugrunde gingen, aber das war gar nicht so. Sie verkümmerten, weil sie nichts zu tun hatten.

Von jetzt ab fang ich's klüger an. Wer möchte meine Wäsche bügeln?

Hund

Die Menschen sehen aus wie ihre Hunde. Das soll auch so sein. Ein Mann, der gerne zeigt, wie gefährlich er ist, entscheidet sich für einen Dobermann-Pinscher, nicht für einen Pekinesen. Eine elegante Dame geht lieber nicht neben einem sabbernden Boxer spazieren. Manchmal dauert es seine Zeit, bis Hund und Herr einander gefunden haben. Mein Nachbar ist ein langer hagerer Herr mit saurem Gesicht. Er grüßt fast niemanden in der Straße, und wenn er Guten Morgen sagt, dann hört es sich an, als ob es den ganzen Tag regnen würde. Eines Tages hatte der Nachbar ein Hündchen bei sich, ein niedliches Wollknäuel, das für jeden Passanten mit dem Schwanz wedelte und beim geringsten Annäherungsversuch außer sich vor Freude an einem hochhüpfte. Sollte sich hinter dem verächtlichen Blick des Nachbarn etwas Schönes verbergen? fragte ich mich, aber nach einem halben Jahr war klar, wie alles zusammenhing. Das Hundeknäuel entwickelte eine spitze Schnauze, und nach seiner ersten Trimmtour kam ein bescheuertes Felljäckchen zum Vorschein. Inzwischen ist das Vieh drei Jahre alt und wedelt nur noch selten.

Außer Hunden und Menschen ähneln sich auch Leute, die viel zusammen sind. Sonntags können wir das leicht beobachten. Dann fahren sie zusammen Rad, auf zwei haargenau identischen Rädern, in haargenau identischen Regenjacken. Oder sie ziehen in identischen Trainingsanzügen los, auf denen der Markenname in großen Buchstaben zu lesen steht. Das finden sie ganz natürlich. Ehepaare reden auch gern zusammengehörig. Ich kenne manche, die nur in der ersten Person Plural sprechen: »Wir mögen nur selbstgebratene Pommes«, sagte kürzlich ein Freund. Seine Frau brät die Pommes und er ißt sie auf, aber das erscheint dem Ehepaar als unwichtiges Detail. Beinah alles, was die beiden erzählen, wird in der Mehrzahl mitgeteilt. Nur wenn sie sich streiten, ändert sich das kurzzeitlich. »Sie hat auch immer etwas zu mäkeln.« – »Er hält dieses Haus offenbar für ein Hotel!«

Ich habe mich an dieses »wir« nie so recht gewöhnen können. Mein letzter Verlobter war ein anhänglicher Mann. Neben seiner Exfrau hatte er Busenfreunde, Kollegen, einen festen Billard- und einen Angelpartner und einen Skatverein. In all seinen Erzählungen war immer nur die Rede von »wir«. »Als wir in Frankreich waren«, erzählte er, und dann folgte ein Erlebnis. Wenn ich gut zuhörte, konnte ich mir zusammenreimen, daß er nicht mit seiner damaligen Frau in Frankreich gewesen war, sondern mit einem Kollegen. Anfangs fragte ich immer wieder, wer denn jetzt schon wieder mit »wir« gemeint wäre, aber dann ließ ich es sein. Bis ich bemerkte, daß er auch mich in seine Erzählungen einbezog.

»Wir mögen Ingmar Bergman nicht«, hörte ich ihn einmal sagen. Ich kann mich nicht erinnern, daß er mich je zu meinem Filmgeschmack befragt hätte. Wir gingen immer in Filme, die er ausgesucht hatte, Cowboyfilme, Gruselfilme, Gangsterfilme. Die Cowboyfilme gefielen mir, Gruselfilme und Gangsterfilme fand ich ziemlich scheußlich. Aber ich war immer froh, wenn so ein Film zu Ende war, und deshalb kam ich fröhlich aus dem Kino. Ich kam nicht auf die Idee zu sagen, daß ich lieber einen schönen Naturfilm sehen würde. Langsam war meine eigene Meinung geschmolzen, ich fing an, in ihm aufzugehen.

So ist es nun einmal, wenn ich verliebt bin. Als ich mit einem Stukkateur zusammen wohnte, lernte ich Zimmern und Mauern und Lichtschalter anbringen. Mit einem kunstbeflissenen Verlobten ging ich jeden Sonntag ins Museum, und von einem Sterndeuter lernte ich alles über Astrologie. »Findest du nicht, daß deine Schwester ein typischer Stier ist?« fragte er zum Beispiel. »Aber ja«, sagte ich dann, denn fast alles, was jemand über meine Schwester behauptet, ist wahr. Sie hat einen vielseitigen Charakter. Ich hatte nichts gegen Astrologie. Es war mir auch egal, ob mein Verlobter Briefmarken sammelte oder Horoskope stellte, ich fand es nicht nötig, mir ein gediegenes Urteil darüber zu machen. Eigentlich wurde es erst ein bißchen peinlich, als ich mit dem nächsten Mann zusammen war, dem mit der Mehrzahl. »Wir glauben nicht an Astrologie«, sagte er. »Wir finden Astrologie öd und blöd.«

Ich bin nicht die einzige Frau, die sich beeinflussen läßt. Eine Freundin hat sich durch dicke Alben mit Flugzeugbildern hindurchgekämpft, hat gejoggt und Fotografieren gelernt. Zum Glück ging die Beziehung noch rechtzeitig zu Ende: als der Liebhaber den Hängeschränk zur Dunkelkammer umfunktionieren wollte. Fotografieren ist allerdings arg ansteckend. Ich kenne viele Fotografen, deren Frauen auch knipsen. Mit dem Schreiben ist es genauso. Kürzlich habe ich gelesen, daß Prinzessin Irene, die einen Journalisten liebt, ein Buch geschrieben hat. Umgekehrt klappt das nicht. Er ist noch immer kein Prinz.

Frauen übernehmen mehr von einem Mann als umgekehrt, und das ist sehr leicht zu verstehen. Männer haben schönere Beschäftigungen. Sie gehen tiefseetauchen, sie trinken, sie kaufen sich teures Spielzeug mit Knöpfen. Frauen machen einen Anfängerkursus in Russisch. Das ist schon ein bißchen traurig, denn in einem Frauenleben gibt es manches Schöne, das ein Mann sehr wohl übernehmen könnte. Wie schön wäre es doch, wenn er sagte: »Gehst du das Badezimmer putzen, Schatz? Wie schön, dann übernehm ich mal eben die Fenster.« Aber so sind sie eben nicht veranlagt. Was Frauen tun, gefällt Männern nicht, und sie halten es auch für haarscharf unter ihrer Würde. Sie sehen lieber aus wie ihr Dackel.

Telefonwichser

Ich habe wieder einen Telefonwichser, meinen dritten in fünf Jahren. Er ist kein leidenschaftlicher Stöhner, dieser neue, er hört sich ziemlich erschöpft an, so als ob ihn seine unsittlichen Vorschläge selbst nur mäßig erregten.

»Süße, möchtest du schön ficken?« fragt er, wenn ich den Hörer abnehme.

»Woher hast du meine Telefonnummer?« rief ich beim ersten Mal empört. Ich habe schon seit Jahren eine Geheimnummer, das liegt am *Playboy*. Als ich im *Playboy* zu schreiben anfing, bekam ich bisweilen Anrufe. »Hier ist Theo«, stöhnte ein Leser. »Stimmt das alles, was Sie schreiben? Vom Ficken, tun Sie das wirklich?« Theo rief noch ein paarmal an, und damit war die Sache zum Glück erledigt. Der zweite Telefonwichser meldete sich kurz darauf, ein Student, der mich einmal die Woche zu einem fiesen Fest einlud. Ich tauchte telefonisch unter.

Der neue Telefonwichser muß auf gut Glück eine Nummer gewählt haben, dann hat er meine aber notiert, denn am nächsten Tag hatte ich ihn wieder an der Strippe.

»Süße, fickst du gut?« fragte er. Ich war nicht so rasch bei der Sache. Ich saß an einem Brief ans Finanzamt und bin sowieso nicht besonders schlagfertig.

Auf der Straße werde ich auch manchmal angesprochen. Wenn das laut passieren würde, dann könnten wir mit einem Gesicht aus armiertem Beton weitergehen, aber das passiert leider nie. Die Mitteilung wird gemurmelt.

»Pardon?« frage ich dann höflich, es kann ja schließlich ein Fremder sein, der sich verirrt hat, und dem muß natürlich geholfen werden.

»Bist du geil, Süße?«

Weil alle Wichser und Spanner ungefähr denselben Spruch bringen, hatte ich mir eine Antwort ausgedacht, eine lange Liste von Schimpfwörtern. Sie reichten von Beleidigungen über seine Herkunft bis zu schweren Krankheiten, die ich dem Mann wünschte, und zum guten Schluß hatte ich noch: »Du hast ja sowieso nur einen ganz kleinen!« Es war keine unschlagbare Waffe.

So ein Spruch muß voller Schwung vorgebracht werden, und das kann ich nicht. Ich brauche immer viel zu lange, um meine Verblüffung zu überwinden und um böse zu werden und mein Spruch war auch zu lang.

Früher hatte ich nie Telefonwichser, nur Exhibitionisten. Die saßen vor allem in den Bäumen am Scheveningse Weg. Ich habe lange in Scheveningen gewohnt, und wenn ich dann nach Den Haag ging, kam es oft vor, daß einer hervorsprang. Beim erstenmal habe ich mich erschrocken und schnell in die andere Richtung geschaut, später habe ich mich an das Phänomen gewöhnt und den Mann angefeuert. Einmal habe ich sogar applaudiert. Das kam daher, daß die Vorstellung gerade ablief, als ich vorbeikam. Damals wurden Exhibitionisten nicht ernst genommen, während jetzt befürchtet wird, daß Vergewaltiger sich zuerst ein Weilchen als Exhibitionisten einüben. Das hat mir ein Justizbeamter erzählt, der in einem Therapiezentrum gearbeitet hat.

Mir kommt das unwahrscheinlich vor.

Telefonwichser halten sich treu an einen Spruch, und Exhibitionisten wissen auch nicht mehr über Variation. Alle Frauen, die ich nach ihren Begegnungen mit entblößten Unbekannten gefragt habe, haben dasselbe erzählt. Grob lassen ihre Erlebnisse sich in zwei Kategorien einteilen: die aktive und die passive Form. Es gibt Exhibitionisten, die eifrig onanierend am Weg stehen oder sich am Fenster in ihrer Wohnung einen runterholen und dabei auf Entdeckung warten. Ich habe selber einen in einer Telefonzelle getroffen, völlig vertieft in seine Arbeit, in der Hoffnung, daß eine Dame vorbeikäme und einen Mordsschrecken erlitte ob seiner Reibereien. Die andere Sorte ist der klassische Bleistiftverkäufer. Er öffnet seinen Mantel, um sein Geschlechtsteil zu zeigen. Sonst macht er nichts.

»Ich weiß nicht einmal sicher, ob ich ihn wirklich gesehen habe oder ob ich mir das einbilde«, sagte eine Frau. »Es ging so schnell! Ich saß in der Straßenbahn, und neben mir stand ein Mann, ein Mann im Regenmantel. Er steckte die Hand in die Manteltasche, und durch eine Handbewegung öffnete sich der Mantel. Ei der Daus, ein Schwanz, dachte ich noch, aber ich weiß es immer noch nicht sicher.«

»Das wird schon stimmen«, sagte eine andere Frau. »Ich habe schon zweimal einen in den öffentlichen Verkehrsmitteln gesehen. Unter dem Mantel hatten sie die Hose offenstehen und die Hoden hingen heraus.«

»Was hast du gesagt?« fragte ich.

»Zum guten Ausgang der Angelegenheit gratuliert«, lachte sie. »Nein, echt, so geistesgegenwärtig war ich nicht. Ich habe nichts gesagt.«

Niemand redet mit einem Exhibitionisten, genauso wenig wie mit einem Telefonwichser. Eine Gesellschaft für Sexualaufklärung hat einmal den Versuch gemacht, die Telefonwichser auf gesunde Wege zu führen. Extra für sie wurde ein Telefondienst eingerichtet. Männer, die davon Gebrauch machen wollten, konnten eine Nummer wählen und wurden mit einer Sozialarbeiterin verbunden, die positive Antworten gab. »Ja, sicher«, sagte sie. »Total geil. Du doch sicher auch. Und natürlich willst du ficken, das ist doch nur menschlich!«

Auf diese Weise sollte der Telefonwichser behutsam resozialisiert werden. Irgendwann schlug die Sozialarbeiterin ihm dann vor, doch einmal probeweise mit einer gleichgesinnten Partnerin zu stöhnen und am Ende durch ein gutes Gespräch zu einer sinnvollen Beziehung zu gelangen. Der Plan schlug fehl, der Telefonanschluß wurde aufgegeben.

Heute gibt es dagegen das Sex-Telefon. Frauen mit schwülen Stimmen und festem Gehalt antworten den anrufenden Kunden, sie stöhnen sogar ein bißchen mit.

Für Exhibitionisten haben wir noch keine Lösung gefunden, und auch nicht für fiese Männer auf der Straße. Die müssen weiterhin unbesoldet zur Rede gestellt werden, aber das macht mir seit kurzem nichts mehr aus. Von einem Freund, der Werbetexte schreibt, habe ich einen neuen Spruch gelernt. Er ist kurz, deutlich und von durchschlagender Wirkung. Wenn mir jemand mit einem unwillkommenen Vorschlag kommt, dann sage ich: »Nein, guter Mann, wenn ich nasche, dann lieber etwas Süßes!«

Kahl

Als mich ein verflossener Verlobter wegen einer anderen Frau verließ, war ich schwer beleidigt. Ich verfluchte ihn, und zwar mit dreifachem Fluch, auf daß er dick und kahl werden und auf Reisen all sein Gepäck verlieren sollte. Ich fand es wunderbar, mich als Hexe zu versuchen, wenn sich auch kaum etwas von meinen Verwünschungen erfüllte.

Dick und kahl, das finden die Menschen am schlimmsten. Frauen brauchen sich normalerweise wegen Haarausfall keine besonderen Sorgen zu machen, werden aber durch die schlanke Linie nur um so mehr terrorisiert. Fast alle Frauen, die ich kenne, halten Diät. Jahre ihres Lebens vergällen sie sich durch den Versuch, in zwei Wochen fünf Kilo abzunehmen. In den Frauenzeitschriften steht jede Woche die neue Frühlingsdiät, die schnelle Bikinidiät, die Fünf-Minuten-Gymnastikanweisung für die Beine, den Bauch und die Hüften. Niemand nimmt davon auch nur ein Gramm ab, alle wissen, daß diese Diäten Betrug sind, aber eine Frauenzeitschrift ist ohne Anweisungen für die schlanke Linie nicht komplett. Ich halte nicht Diät, aber ich bin verrückt nach diesen Artikeln. Sie sind so optimistisch. In der Einleitung wird erklärt, warum die letzte Diät kein Erfolg war, und die Leserin wird dazu ermutigt, es doch einmal mit dieser Methode zu probieren, die dem individuellen Speiseverhalten perfekt angepaßt ist.

»Sie dürfen ruhig ein Törtchen essen«, sagt die Frauenzeitschrift. »Dann notieren Sie drei Punkte in dem speziellen Tagesplan in der Mitte des Heftes. Bedenken Sie jedoch, daß eine Apfeltasche weitaus weniger Joule enthält als ein Mohrenkopf!«

Fett sein ist schrecklich, aber es wird schön darüber geschrieben.

Über Kahlheit dagegen schreibt niemand. Gegen Kahlheit sind genauso viele Neppmittel im Handel wie gegen Kilos, aber diese Goldmine wird insgeheim ausgebeutet. Es ist eine Millionenindustrie. Es gibt Haarwässer und Tinkturen, Shampoos und Massagegeräte, von denen sich der Benutzer erhofft, daß sie seine unwillige Kopfhaut zum Haarwuchs anspornen. Vor einiger Zeit wurde ein neues Mittel in den Handel gebracht, eine Medizin gegen zu hohen Blutdruck, mit der Nebenwirkung, daß man davon Haare bekam. Diese Medizin verkaufte sich wie warme Semmeln! Man bekommt zwar nur wenige Haare davon, und nicht alle reagieren überhaupt auf diese Medizin, aber jede Kleinigkeit hilft, und ein kahler Mann, der von Haaren träumt, ist schnell zufrieden. Er läßt die Haare über seinen Ohren zu langen Strähnen wachsen und kämmt sie dann quer über seinen Schädel. Das sieht doch immerhin noch nach etwas aus, denkt er.

Andere Männer gehen weiter. Sie kaufen ein Toupet oder bestellen sich bei einem Haarinstitut eine Haarprothese. Es bestehen ganze Räuberbanden von Aufklärern, die sich am Elend der kahlen Männer bereichern. Ich habe einmal einen Mann gesehen, der eine ganz wunderliche Rasenfläche auf dem Kopf trug. Er war kahl, das war deutlich zu sehen, aber überall auf seinem Schädel waren kleine Haarbüschel angepflanzt, triste Wedel, die sich vermehren sollten, wirklich wahr, das hatte der Arzt schließlich gesagt.

Und das war noch eine milde Behandlung. Ein kahler

Freund hat mir von besonderen Toupets aus Kunsthaaren erzählt, die mit den Überresten der ursprünglichen Haare verwoben und mit Klämmerchen befestigt werden. Sie verursachen üble Entzündungen, weil die Klämmerchen die Haut reizen, und unter so einem Kunsthäutchen herrscht eine Bullenhitze. Aber das Resultat ist wunderbar: Man kann damit schwimmen, es ist reißfest und farbecht. Und dann gibt es noch die Methode, durch die die Haare (4 Gulden pro Haar) in die Kopfhaut geschossen werden, wobei eine dicke Schicht Narbengewebe entsteht, in dem die Haare mit Laschen befestigt sind. Das verheißt jedenfalls der Prospekt. Die Haare bleiben natürlich nicht sitzen, das Narbengewebe dagegen wird man bis an sein Lebensende nicht mehr los, das ist solide.

Vor ein paar Jahren begegnete mir an einem warmen Sommerabend ein Mann mit einer Mütze. Wir kamen ins Gespräch, und während unserer Unterhaltung troff ihm der Schweiß aus der Mütze. »Vielleicht wäre es ohne Mütze etwas kühler«, schlug ich vor, aber der Mann schüttelte trostlos den Kopf. »Ich hatte einen Unfall«, sagte er, »und die Narben sind entsetzlich.« Er hob die Mütze ein wenig an, und ich erblaßte beim Anblick der Verheerungen auf seinem Kopf.

»Ein Lastwagen?« fragte ich.

»Nein«, antwortete er. »Ein Schönheitschirurg.«

Er war langsam kahl geworden, und der Arzt hatte ihm die ideale Lösung vorgeschlagen. Unter Narkose werden Säckchen mit Silikon unter der Kopfhaut angebracht, um die Haut zu dehnen. Nach einiger Zeit, wenn die Haut sich schön gedehnt hat, werden sie erweitert. Die kahlen Teile der Kopfhaut werden weggeschnitten und die ausgedehnten behaarten Flächen werden aneinander festgenäht.

Wer hätte gedacht, daß Männer so unter ihren Hormonen leiden könnten? Zum Glück sind sie nicht alle so. Dirk zum Beispiel wollte ganz gern ein bißchen kahl werden, um dann wie ein Gangster aus einem Film auszusehen, wie der Kneipier mit der bildschönen Tochter, in die sich der Held der Geschichte verliebt. Der Kneipier trägt eine Krawatte mit Palmen und zweifarbige Schuhe. Er ist kahl und ein bißchen korpulent, und am Ende des Films entpuppt er sich als Gangster mit goldenem Herzen. Dirk hat das geschafft.

Und dann gibt es noch den Mann, der jahrelang ein Toupet getragen hatte. Eines Tages beschloß er, seine Hemmungen zu überwinden. Wenn er vor der Ampel oder im Stau stand, dann jagte er den anderen Leuten einen Schrecken ein, indem er plötzlich das Toupet vom Kopf nahm und es ein paarmal in die Luft warf. Nachdem er das einmal gewagt hatte, ging er fortan barhäuptig auf die Straße.

»Siehst du wohl, das war absolut das richtige«, erzählte er fröhlich. »Über das Toupet haben sie sich viel mehr erschrocken.«

Das erste Mal

An meiner Unterschrift hängt ein Strich mit Bedeutung. Der Strich soll heißen fJ, für Jaime, und er ist eine Widmung. Ich habe diese Idee einem Jungen aus einer höheren Klasse abgeguckt, der fE hinter seinen Namen schrieb, für Ellen. Ich war auch verliebt, aber mein Angebeteter mochte mich nicht. Ich fand es nicht angebracht, eine unglückliche Liebe in meiner Unterschrift zu verankern, deswegen habe ich meinen Namen dem ersten Mann gewidmet, mit dem ich im Bett war. Er hieß Jaime.

Jungfräulichkeit hat nie einen großen Eindruck auf mich gemacht, es kam mir so vor wie zu jung für den Führerschein zu sein, aber ich hatte mir doch vorgenommen, meinen Abschied von der Jungfräulichkeit nett zu gestalten.

Das erste Mal muß schön sein, hatte meine Mutter gesagt, »das vergißt du schließlich nie«. Ich meinerseits habe mir jedes erste Mal gemerkt, den ersten Kuß, den ersten Orgasmus, das erste Mal, daß ich eine Erektion gesehen habe. »Schau mal!« sagte ihr Besitzer, und ich schaute. Es war ein bleicher Penis, an dem ein Tropfen hing. Was ich nun zu tun hatte, wußte ich nicht so recht. In den Aufklärungsbüchern waren verschiedene Vorspieltechniken für den Mann beschrieben, aber ich kannte keinen Eröffnungszug. Der Junge nahm meine Hand und erklärte mir die Prozedur. Mein Wappenarmband fiel dabei klirrend zu Boden.

Ich habe meine Jungfräulichkeit in der Schweiz abgelegt, in den Sommerferien am Lago Maggiore. Auf dem Zeltplatz hatte ich einen Freund, mit dem ich abends auch schon mal herumgeknutscht habe. Tagsüber langweilte er mich, und ich war lieber in der Snackbar von Jaime, einem älteren Mann von 24, der mich Aquavit kosten ließ und mit spanischem Akzent Französisch sprach.

»Ist das kein vollkommener Moment für uns beide?« seufzte mein Abendverlobter in seinem Einpersonenzelt, während er mich an sich drückte. »Du bist sechzehn, ich achtzehn, wir sind füreinander geschaffen.«

Nein, dachte ich und machte, daß ich wegkam. An diesem Abend ging ich zu Jaime. Er hatte auf mich gewartet, schloß seine Snackbar ab und sagte: »Wir tun's im Stehen, dann tut es dir nicht weh.« Es tat auch nicht weh.

»Bist du mit diesem Mann im Bett gewesen?« fragte meine Mutter später. Ich nickte, und sie nickte zurück. Das war alles.

»Was hast du für eine herrliche Jugend gehabt!« sagte eine Freundin. »Bei uns auf dem Dorf war das ganz anders. Auch, wenn du keine strengen Eltern hattest, mußtest du dich an die Regeln der Schicklichkeit halten, sonst warst du eine Nutte und bekamst später nie einen Mann. Die Jungen versuchten, dich zu überreden, und die Mädchen mußten ihnen dann eins auf die Finger geben. Wenn wir das nicht taten, weil es uns Spaß machte, dann hörten sie auf. Dann warst du ein schlechtes Mädchen, du hattest dich ja nicht gewehrt.«

Erwachsene bewachen ihre Kinder, damit sie nicht aus dem Paradies entkommen können. Laufen, essen, radfahren, alles wollen sie den Kindern beibringen, sogar, woher die Babys kommen, aber eine ruhige Umgebung, in der die jungen Leute üben können, wollen sie nicht zulassen. »Ich werde es nie vergessen«, erzählte Judith. »Das erste Mal. Die Eltern meines Freundes waren für einen Tag weggefahren, und wir lagen auf ihrem großen Doppelbett und knutschten. Eins kam zum anderen, und plötzlich war da ein großer Blutfleck. Wir erschraken zu Tode, und danach haben wir dieses riesige Zweipersonenlaken im Waschbecken gewaschen. Sie sahen ihr Laken am Trockengestell hängen, und sie wußten natürlich genau, was passiert war. Wir durften uns nicht mehr treffen, aber das machte nichts, wir waren sowieso nicht richtig verliebt. Wir hatten nur beide die Jungfräulichkeit loswerden wollen. Wir waren doch schon siebzehn.«

Also höchste Zeit. Wer mit zwanzig noch mit niemandem im Bett gewesen ist, entwickelt viel zu hohe Erwartungen. Einen schönen Orgasmus, zum Beispiel, und der ist nicht allen beschieden, nicht einmal allen Männern.

»Ich hatte schon eine ganze Weile onaniert, als ich zum erstenmal mit einer Frau ins Bett gegangen bin«, erzählte ein Mann. »Mir war immer erzählt worden, Vögeln wäre das allerschönste auf der Welt, aber ich fand es langweilig. Es war ein normaler Orgasmus. Ich konnte wirklich nicht begreifen, warum davon soviel Aufhebens gemacht wurde.«

Ich dachte an Thea. Vor langer Zeit habe ich bei ihr gewohnt, weil ich keine Wohnung finden konnte. Eines Abends gingen wir in die Kneipe, suchten einen Liebhaber aus und bereiteten ihm gemeinsam eine unvergeßliche Nacht. Als er gegangen war, fragte ich: »War das schön?«

»Ach, es geht«, sagte Thea. Sie setzte Tee auf und setzte sich auf die Bettkante. »Hattest du denn einen Orgasmus?«

»Aber nein«, sagte ich, »woher denn?«

»Ich glaube, ich kriege nie einen Orgasmus«, sagte sie. »Das muß etwas ganz Besonderes sein. Kannst du das beschreiben?« Ich erzählte von ansteigenden Wellen, sich bündelnden Kräften, sausenden Ohren und einer sich zusammenziehenden Vagina.

»Ach, das!« sagte Thea. Sie hatte sich viel mehr davon versprochen. Das liegt daran, daß sie zu lange Jungfrau war, ich glaube, noch mit 23. Das ist nicht gut für den Realitätssinn, und ein schöner Anblick ist es auch nicht. Etwas zu alte Jungfrauen glühen so erwartungsvoll.

Als ich noch meine Problemspalte in der Beziehungszeitschrift hatte, hatte ich ein paar feste Briefschreiber, u. a. einen Jungmann von 23, der vergeblich seiner Erlösung harrte. Die Jahre gingen vorbei, aber er blieb Jungfrau. Er ging mir maßlos auf die Nerven, nicht, weil er nicht nett gewesen wäre, sondern nur wegen seiner Jungfräulichkeit. Er war wie ein Bild, das ein bißchen schief hängt, und es juckte mir in den Fingern, ihn geradezurücken. Gut, daß ich es nicht getan habe. Ich mag keine Jungfrauen, ich hätte ihm das Erlebnis bestimmt verdorben. Und das erste Mal muß doch schön sein.

Pfiffe

Eines Tages wurde mir nicht mehr hinterhergepfiffen. Die Straßenarbeiter, an denen ich unterwegs vorbeikam, arbeiteten ruhig weiter, die Fensterputzer putzten ihre Fenster, und sogar die Bauleute verzehrten in der Pause unbeirrt ihre Butterbrote, wenn sie auch nachdenklich dreinblickten: Müßten wir nicht eigentlich pfeifen? Aber nein, diese Zeit schien vorbei zu sein.

Ich weiß noch gut, wie es anfing. Ich war fünfzehn und ging mit meiner Schwester über die Promenade in Scheveningen. Meine Schwester zischte: »Da, Jungs!« Und tatsächlich, auf der Mauer um den Parkplatz saß ein Rudel Knaben. Sie grinsten und pfiffen. Meine Schwester kniff meinen Arm blau, und ich stolperte. Aller Anfang ist schwer.

Im nächsten Jahr wandelten wir schon im Februar über die Promenade. Es war ein schöner Frühlingstag, und man weiß ja nie. Kein Mensch war zu sehen, wir waren die einzigen Flanierenden, und wir liefen umsonst durch die Gegend. Protzen braucht Publikum.

Manche Frauen finden es entsetzlich, wenn ihnen hinterhergepfiffen wird. Sie fühlen sich zum Lustobjekt reduziert, sie halten es für eine Äußerung der Verachtung, und das ist es natürlich auch, aber ich finde, wir dürfen einen Mann nicht so ernst nehmen. Es ist mir egal, wie er sich benimmt, so lange er die Hände bei sich behält und mich nicht beim Zeitunglesen stört. Zwanzig Jahre lang wurde gepfiffen, dann war Schluß. Wenn mir heute noch hinterhergepfiffen wird, bedanke ich mich persönlich beim betreffenden Straßenarbeiter, Fensterputzer oder Maurer.

In diesem Jahr war ich auf Weltreise. Ich reiste im Auftrag einer Zigarettenfirma, und ich mußte innerhalb von dreißig Tagen die ganze Welt umrunden. Ich hatte es deshalb eilig und hatte überhaupt keine Zeit für Männer. Es gab sie allerdings, und ab und zu machten sie sich bemerkbar. Nicht in westlich orientierten Ländern, da war ich genauso unauffällig wie zu Hause, aber in China hatte ich keine schlechten Chancen.

Ich traf einen Jungen von vielleicht zwanzig, und er saß auf einem Fahrrad. Das tun sehr viele Chinesen, aber er machte etwas daraus. Schwungvoll kreiste er auf der Straße und gab mir zu erkennen, daß er Kontakt suchte. Das wollte ich zwar nicht, aber ich wollte gern ein bißchen auf seinem Gepäckträger mitfahren. Chinesen tun mir doch nichts, dachte ich, dazu sind sie viel zu gehemmt, und die Gesetze über Keuschheit sind streng.

Ich sprang auf, und der Junge fuhr los. Er hatte allerlei vor, das war klar, aber ich beschloß, erst einmal abzuwarten. Viel konnte er mitten in Peking schließlich nicht anstellen. Aber da wurde ich plötzlich in die linke Brust gekniffen. Überrascht blickte ich den schlanken Rücken des tüchtig strampelnden Jungen an. Der saß brav und gerade auf seinem Rad. Ich brauchte einige Sekunden, um zu begreifen, daß er, ganz durchtrieben, mit einer Rückwärtsbewegung seiner Hand in meine Brust kneifen konnte. Und er machte es noch einmal!

»He, he!« rief ich. »So haben wir nicht gewettet!« und sprang vom Gepäckträger. Schuldbewußt sah sich der chinesische Fahrradkünstler noch einmal um und verschwand dann in der Menge.

Auch in Japan machte ich Furore. Japanerinnen sind ziemlich platt, und ein Brustumfang in Playboymaßen ist etwas Besonderes. Die Höflichkeit gebietet dem Japaner, sich sein Interesse nicht anmerken zu lassen, aber wenn er betrunken ist, braucht er sich nicht an die Regeln zu halten.

Ich saß an einer Sushi-Bar in Kyoto, und der Herr mittleren Alters neben mir war betrunken. Jedesmal, wenn sein Blick auf meinen Busen fiel, ließ er sich laut lachend gegen meine Schulter fallen. Das waren vielleicht Titten! Ich nickte freundlich und beschloß, die Gelegenheit auszunutzen. Der Mann war Schneider, er nähte Kimonos. Die wollte ich gern sehen. In meinem Handbuch über Japan stand, daß der Japaner niemals jemanden zu sich nach Hause einlädt, aber betrunken zählt nicht, deshalb ließ ich ihn noch einmal lachen und wandelte dann mit ihm nach Hause. Die Kimonos waren wunderschön.

Die Reise ging weiter, die Pfiffe steigerten sich. In Brunei war es genau wie früher, unterwegs riefen die Männer hinter mir her, die Autofahrer pfiffen im Vorübergehen oder hupten. Die meisten Frauen in Brunei gehen verschleiert, und beim Anblick einer Ausländerin im T-Shirt pfeifen die Männer spontan los, selbst wenn sie über dreißig ist. Es gibt Frauen, denen es darauf ankommt. Sie brauchen nicht einmal weit zu reisen. In europäischen Ländern, wo die Frauen keusch und zu Hause gehalten werden, gibt es Beschäftigung genug für die vergnügungssüchtige Ausländerin.

Ich kenne eine Frau von 45, die jedes Jahr nach Griechenland fährt. Sie sieht gut aus, das finden auch ihre Bekannten in den Niederlanden, aber sie zeigt sich gern. Das geht nicht im Regenmantel. Deshalb fährt sie jedes Jahr nach Kos oder Rhodos oder auf eine andere griechische

Insel und fühlt sich vier Wochen lang als strahlender Mittelpunkt. Im Dezember kommt sie zurück und sitzt friedlich mit ihrem Mann und ihren Teenagerkindern unter dem Weihnachtsbaum.

»Geht dir das nicht auf die Nerven?« fragte ich ihren Mann. »Ach, nein«, sagte er gutmütig. »Ich weiß doch, wie sie ist, sie ist genau wie ich. Wenn ich auf dem Bau eine Kleine vorbeigehen sehe, dann pfeife ich auch.«

»Du pfeifst noch?« fragte ich erschrocken.

»Was glaubst du denn?« erwiderte er. »Wenn ich einfach weiterarbeite, dann denken die Kollegen doch alle, ich wäre schon ein alter Trottel.«

Xanthippen

Wenn es nach meiner Freundin Liuda ginge, dann hätte alle Welt feste Beziehungen. Sie kann Singles nicht leiden, vor allem keine freilaufenden Männer. »Was soll denn das!« ruft sie, wenn sie so einen sieht. »Was bildest du dir denn ein?« Und in Gedanken geht sie bereits fieberhaft die verfügbaren Frauen in unserer Bekanntschaft durch, ob eine zu ihm paßt. Nicht Hetty, die ist zu dick und nicht energisch genug. Dieser Mann braucht eine feste Hand, weiß Linda, fest, aber behutsam. Jolanda vielleicht? Die käme in Frage, obwohl sie sich gerade erst von ihrem letzten Mann getrennt hat. Wenn Linda ihre Wahl getroffen hat, lädt sie zum Essen ein. Dazu erscheinen dann zwei Ehepaare, ein homosexueller Freund, eine verstockte Junggesellin, der freilaufende Mann und die Frau, mit der es klappen soll. Sie gehen zu Tisch.

Das Wunderliche ist, daß Linda oft Erfolg hat. Manch ein Paar hat ihr sein Glück zu verdanken. Aber bei einigen Menschen klappt es einfach nicht. Hetty, die zu dick und nicht energisch genug ist, wartet nun schon seit Jahren auf einen Liebhaber, und bei ihrer Schwester weiß Linda sich auch keinen Rat.

Vor einiger Zeit sprach ich mit Bart. Er ist fesch, reich und aus guter Familie. Bis vor kurzem hatte er eine Freundin, ein Biest von einer Frau, die ihm pausenlos Aufträge erteilte, die alle mit »warum« anfingen. »Warum lädst du deine Mutter nicht zum Mittagessen ein?« – »Warum gehst du heute nicht einkaufen?« –

»Warum kochst du keinen Kaffee?« Ich gratulierte Bart zu seiner Befreiung, er aber machte ein langes Gesicht. Er kann ohne Frau nicht leben. »Warum rufst du nicht einfach Linda an«, fragte ich. »Die kennt doch haufenweise nette Frauen mit Vakanz.« – »Ich will keine nette Frau«, sagte Bart. »Ich will eine Xanthippe.«

Ob das wohl bei noch mehr Männern der Fall ist? Ich kenne etliche sanftmütige Männer, die ihr Leben mit einem Krokodil teilen. In Kneipen sind sie oft zu sehen. Gegen sechs Uhr werden sie unruhig. Sie müßten schon zu Hause sein, das Essen steht auf dem Tisch, aber sie würden so gern noch ein Bierchen trinken.

»Du darfst sicher kein Bier mehr trinken«, stichelt ein Kollege. »Du mußt sicher nach Hause.« – »Nichts da«, sagt der andere tapfer. »Ich gehe, wann ich will.« Aber nach einer Viertelstunde schlüpft er doch eilig in seine Jacke. Andere Männer dieser Art schauen mit geübtem Blick auf die Uhr. »Nur mal kurz den Feldwebel anrufen«, brummen sie. Ich hatte früher immer Mitleid mit ihnen. Ich dachte, sie wären durch ein Unglück in diese Lage gekommen, das reizende Mädchen von früher hätte sich als bösartiger Drache entpuppt.

Bart nickte. »Anfangs ist es auch reizvoll. Ich bin immer ganz gerührt, wenn eine Frau um sich beißt. Ich finde es so anziehend!« Ich habe ihn einmal besucht, als er noch die vorige Freundin hatte. So anziehend fand ich sie nicht. Wenn sie aus dem Kühlschrank Bier holte, dann vergaß sie, auch für ihn eins mitzubringen. Ohne zu klagen, zokkelte er dann in die Küche, um sich selber zu bedienen. Das geschah dreimal an diesem Abend. Das Schlimmste jedoch waren die Standpauken. »He, du hast ja den Ofen nicht angemacht! Du bist ja vielleicht blöd! Muß ich dir denn alles vorkauen?«

Nicht alle Männer sind so fügsam wie Bart. Ich kenne einen, der sich wehrt, aber seit Bart mir erzählt hat, daß er ohne Terror keine Ordnung in sein Leben bekommt, sehe ich den anderen Mann mit Argwohn an. Seine Frau ist immer böse auf ihn, böse, weil er durch seinen Beruf viel reisen muß, und böse, wenn er zu Hause ist. Sie verlangt Blumen und Komplimente von ihm, aber wenn er ihr etwas Nettes sagt, dann faucht sie: »Lügner!«, und den Nelkenstrauß kommentierte sie mit »Die waren sicher im Sonderangebot!« Das stimmte sogar, wie ich später gehört habe. Er ist nun einmal eine sparsame Natur. »Hast du deine Frau auch im Ausverkauf gefunden?« fragte ich vorsichtig. Aber das war nicht so. Er hatte sie als Allerliebste unter drei Freundinnen ausgewählt, die alle ein Auge auf ihn hatten. Eine davon hatte er Jahre später noch einmal getroffen, in Meppel. Er hatte mit ihr Kaffee getrunken, und sie hatten sich geküßt. Als er nach Hause zurückkam, wußte seine Frau schon alles. Bis heute hat er nicht herausfinden können, wieso, aber sie wußte es. Erst täuschte sie eine freundliche, sogar amüsierte Reaktion vor, aber es war eine Dreistufenrakete, und mit Stufe 3 hat er immer noch zu kämpfen. Beim kleinsten Fehler schimpft sie auch schon los.

»Verlaß sie doch«, riet ich, aber er traute sich nicht. Er hoffte eine Zeitlang, sie würde ein Verhältnis mit einem Nachbarn anfangen, der sie sehr interessierte. Dann hätte er sich stillschweigend verziehen können. Eines Tages war es fast so weit. Sie kam über Nacht nicht nach Hause und erzählte am Morgen, daß sie beim Nachbarn übernachtet hatte. »Das gibt's nicht, meine Liebe«, sagte ihr Mann. Das war nicht die richtige Antwort. Wütend war sie! Er hätte doch wenigstens Eifersucht zeigen können. Seitdem spricht sie nicht mehr mit dem Nachbarn.

Es gibt auch tyrannische Frauen in samtener Verpakkung. Ein Kollege von mir hat so eine. Neulich habe ich ihn mit seiner Frau in einer Kneipe gesehen. Sie reckte sich, gähnte und sagte: »Ich geh schon mal. Du brauchst wirklich nicht mitzukommen.« Aber er zog sich schon seine Jacke an. Mit stolzem Schritt marschierte sie aus der Kneipe. Er lief hinterher. Der Wagen hinter dem Pferd.

Französisch

Meinen ersten Kuß bekam ich von Eddy Becker, dem aus dem Fernsehen. Er ging auf meine Schule, und ich fand ihn scharf. Ich glaube nicht, daß ich ihm begehrenswert vorkam, ich war zu jung und schrecklich nervös, weil ich Küssen nur aus der Theorie kannte. Meine Eltern waren Mitglieder in einer Gesellschaft für Aufklärung, und in unserem Bücherregal stand ein dicker, aus dem Schwedischen übersetzter Liebesroman, durch den wir viel lernen konnten. Das Buch stand zu pädagogischen Zwecken da. Dort wurde genau beschrieben, wie ein siebzehnjähriger Jüngling mit zitternden Händen den bis dato unberührten Körper seiner Freundin erforscht.

Küssen kam auch vor: »Er preßte seine Lippen auf ihren halb geöffneten Mund und ließ seine Zunge zwischen ihre Lippen gleiten. Sie schlang die Arme um seinen Hals und stöhnte, während sich ihre Zunge mit trägen Bewegungen um seine wand. Lars keuchte und rieb seinen glühenden Unterleib an ihrem Schoß.«

So gehörte sich das.

Zungenküsse hießen Französische Küsse, denn die Franzosen waren berühmt für ihre Erotik. Eigentlich habe ich das nie begriffen. Franzosen sind wirklich keine umwerfenden Liebhaber, da kenne ich mich aus, französische Liebhaber waren schließlich meine Spezialität. Während meiner ganzen Realschulzeit habe ich in Frankreich gezeltet, weil mein Vater hoffte, daß uns das gute Französischnoten eintragen würde. Sie quatschen ein bißchen mit anderem jungen Volk, und dabei schnappen sie die Sprache dann wie im Spiel auf, glaubte er. Aber es kam anders. Meine Schwester und ich gingen zwar regelmäßig auf die französischen Jungen zu, aber geredet wurde nicht viel. Wir küßten.

Französisch küssen, das ließ sich doch in seinem Ursprungsland am besten durchführen, fanden wir. Wir hatten einen gitarrespielenden Bruder, der auf dem Zeltplatz spielen mußte, und gleich versammelten sich die Altersgenossen. Als Schwestern des Gitarristen waren wir etwas Besonderes und konnten uns aussuchen, wen wir wollten. Wenn wir uns an einem Jungen sattgesehen hatten, suchten wir uns einen neuen zum Französisch-Küssen aus. Die Jungen boten noch andere Techniken an: Französisch-Knutschen, Soixante-Neuf und Französischen Coitus.

Soixante-Neuf hat mich nie so recht überzeugt, es ist mir zu reziprok. Ich kann mich mit vollem Mund nicht auf meine Gefühle konzentrieren. Ich kann nicht zwei Dinge auf einmal erledigen. Nur Küssen und Heiraten lassen sich gemeinsam erledigen, ohne daß die Ablenkung alles verdirbt.

Soixante-Neuf ist erfunden worden, um die Demokratie in einer Beziehung zu fördern: Wir bekommen genauso viel, wie wir geben. In den 60er Jahren gab es eine Fotogeschichte über Partnertausch. Auf dem ersten Foto sehen wir ein Ehepaar auf einem Sofa sitzen. Sie harren der Dinge, die da kommen sollen. Es klingelt. Ein zweites Ehepaar tritt ein. Sie trinken zu viert Kaffee, dann faßt der Mann des einen Paares die Frau des anderen an der Brust. Auf dem folgenden Foto macht der zweite Mann mit der Frau von Paar Nr. 1 dasselbe. Die Knutscherei geht in Stereo weiter und endet schließlich mit einem

Soixante-Neuf à Deux. So kann sich niemand beklagen, und beim Peniserfolg gibt es keine Ungleichheit.

Vor ein paar Jahren war ich in Amerika. Die Amerikaner gerieten völlig aus dem Häuschen, wenn sie hörten, daß ich aus Europa kam.

»Die Niederlande, liegen die nicht direkt neben Schweden?« fragten sie.

»Fast«, antwortete ich dann, denn sie meinten das nicht geographisch. Schweden ist das Land der freien Liebe, und für amerikanische Begriffe sind die Niederlande fast genauso. Von den strengen Sekten in Nunspeet oder Staphorst haben sie nie gehört, und die Amsterdamerinnen sehen im Sommer recht frivol aus. Schweden, Holland und das französische Oh la la, das ist Europa.

»Hattest du schon mal einen französischen Liebhaber?« fragte ein Amerikaner. Ich nickte.

»Die sind wohl etwas ganz Besonderes, was?« schmunzelte der Amerikaner.

»Och«, sagte ich und dachte an Jean-Claude, der mir zwei Wochen lang vorgequengelt hatte, was für phantastische Liebkosungen er mir zugedacht hatte, welch heiße Nächte er mit mir verbringen würde, wenn ich mich endlich aufraffen könnte, mit ihm ins Bett zu gehen. Es ging schief. Für Jean-Claude lag der Sport darin, eine Frau zu überreden, danach war er müde. Nach einem Viertelstündchen mit dürftigem Sex zog er sich auch schon wieder an.

»Französische Männer bringen dir nichts«, sagte eine Freundin, die viel reist. Sie erzählte von einem Franzosen, den sie in Japan kennengelernt hatte. Er machte eine Weltreise, die letzte große Reise seines Lebens. Er war 23 und wollte eine Frau aus seinem Geburtsdorf heiraten. Das war kein Zufall, er wollte keine Fremde. Das brachte doch nur Elend. Für die Ehe war jemand aus dem eigenen Milieu am besten, am liebsten jemand aus dem eigenen Dorf, wenn möglich, aus der eigenen Straße.

»So spießig sind sie, und sie wollen nur eins: Pünktlich essen«, sagte meine Freundin und erzählte eine Schauergeschichte über eine Niederländerin, die sich Hals über Kopf mit einem Franzosen verheiratet hat und die jetzt in einem Pariser Vorort von bitterer Reue verzehrt wird. Er arbeitet den ganzen Tag, und sie weiß nie, wie spät er nach Hause kommt, ob er dann schon gegessen hat und wieviele Gäste er zum Abendessen mitbringt. Sicherheitshalber bereitet sie jeden Tag ein Menü in vier Gängen für acht Personen vor. Offenbar leben alle Frauen in diesem Vorort so, und nicht eine einzige beklagt sich.

Das will ich gern glauben. Auf den französischen Zeltplätzen meiner Jugend standen die Frauen auch den ganzen Tag vor den echten Herden, die sie im Anhänger von zu Hause mitgebracht hatten. Denn so dürftig es um die französische Liebe auch bestellt sein mag, die französische Kochkunst besteht!

Schnell erledigt

Menschen sind nett, aber sie sind so zeitraubend. Vor allem in der Liebe ist das schlimm, ganze Stunden werden damit vergeudet. Als ich Junggesellin war, machte ich alles mögliche. Ich ging ins Kino, ins Theater, ich las Bücher, ging in die Kneipe und machte Besuche. Seit ich jemanden liebe, habe ich dazu keine Zeit mehr. Alles dauert länger, wenn wir es zusammen tun: Essen, Sex, Schlafen.

Wenn ich allein schlafe, langweilt mich das Bett am Morgen. Draußen wird es hell, und vielleicht hat schon alles mögliche angefangen, was ich nicht verpassen darf. Wenn ein Geliebter im Bett liegt, stehe ich nicht auf. Und wenn wir dann endlich aus dem Bett kommen, dann wird Kaffee getrunken.

»Essen«, seufzte eine Freundin, die seit einem Jahr eine Beziehung hat. »Früher habe ich von einer alten Zeitung gegessen. Jetzt mache ich ein Festmahl. Er kocht ja auch, aber wenn er kocht, dann ist es erst recht ein abendfüllendes Programm. Er macht Lachsmousse und Ente à la mode, und das wirfst du ja nicht einfach mal kurz ein.«

»Ich koche jeden Tag für mich selber«, erklärte unsere gemeinsame Junggesellin-Freundin. »Fleisch, Gemüse und eine Vorspeise. Und ich decke den Tisch.« Sie fand unsere Klagen idiotisch, aber selbst ihre ausgedehnteste Einpersonenmahlzeit dauert nicht länger als anderthalb Stunden, inklusive Spülen, und dann kann sie in aller Ruhe ins Kino gehen und kommt immer noch rechtzeitig zur ersten Vorstellung. Das schaffe ich nie. Ich sitze um sieben Uhr noch beim Aperitif.

»Das liegt daran, daß du keine Kinder hast«, sagte Henk, der zweimal geschieden ist. »Beim Familienleben lernst du von selber, dich zu beeilen.« Darüber mußte ich wirklich lachen. Ich habe Henk aus nächster Nähe beobachtet, zwei Ehen lang, aber beeilt hat er sich nie. Ein Streit, der morgens beim Frühstück anfing, wurde abends wieder aufgetischt. Seine erste Frau hatte drei Schwestern, alle drei verheiratet, alle drei Mütter, und die Kinder hatten dauernd Geburtstag, dreizehnmal pro Jahr. Und weil sie das von Haus aus so gewohnt waren, feierten sie auch die Geburtstage seiner Familie, siebzehn an der Zahl, er kam nämlich aus einer katholischen Familie. Seine zweite Frau unterhielt keine warmen Beziehungen zu ihrer Familie, aber sie hatte einen Freundeskreis, lauter Ehepaare. Als sie allein lebte, schaute sie manchmal auf ein Stündchen irgendwo vorbei, aber als Henk in ihr Leben trat, gab es nur noch formelle Besuche. »Plof«, sagte Henk. »Und weg ist der Abend.«

Das »Plof« bezog sich auf die Sitzgarnitur, die Ehepaare haben, um darauf Schicksalsgenossen einzufangen. Einem Ehepaar können nur Junggesellen entkommen. »Ich muß weg«, sagt der Junggeselle und schaut auf die Uhr. Das kann ein Ehepaar gut verstehen. Früher mußten sie auch weg.

In der modernen Zeit müssen wir uns unser Leben sorgfältig einteilen. Dafür gibt es eigene Terminkalender, teure, die 600 Gulden kosten, und sie haben Extrablätter, auf denen die Hauptziele des täglichen Lebens notiert werden können. Um diese Ziele zu verwirklichen, sind Aktivitäten nötig, die der Besitzer eines solchen Terminkalenders entwickeln muß. Ein gutes Eheleben kann so ein Ziel sein. Zu einer glücklichen Ehe braucht man eine Ehefrau und einen Ort, an dem man sein Eheleben führen kann, zum Beispiel ein Haus. Es muß ein gutes Haus sein, und die Ehefrau zufrieden. Nun ist es an der Zeit, Aktivitäten zu entfalten. Man kann das Haus tapezieren, anstreichen und einrichten. Man kann das auch machen lassen. Die Ehefrau sollte man jedoch selber zufriedenstellen. Das kostet Zeit, Managerzeit, und damit darf man nicht herumkleckern. Auf besonderen Seiten kann der Besitzer des Terminkalenders notieren, was er an einem Tag unternehmen will, um seiner Frau eine Freude zu machen: Blumen schicken (drei Minuten), Spülen (eine halbe Stunde), gutes Gespräch (Dreiviertelstunde), Kompliment (zwei Minuten), zwei Orgasmen (Dreiviertelstunde), Intimität nachher (Viertelstunde). Zeitsparen läßt sich beim Spülen (Maschine kaufen) und beim Gespräch (nicht so oft widersprechen). Wenn der Manager eine Dame ist, dann kann sie auch im Bett Zeit sparen. Männer sind eher mit einem Quickie zufrieden, und im Falle entsetzlicher Zeitnot kann sie auch eine Hurenvorstellung geben: Wichsen oder Blasen. Das ist gemütlich, befriedigend, und sie kann dabei an etwas anderes denken.

Ich kenne einen Mann, der seine Zeit so ökonomisch einteilte, daß er seine Ehe schließlich wegbeschleunigt hatte. Das war eine Erleichterung für beide Parteien, erzählte er. Sie war ohne ihn besser dran, und er fühlte sich auch befreit, als ihm niemand mehr traurig zulächelte, wenn er leergequatscht, vollgefressen, betrunken und erschöpft vom Geschäftsessen zurückkehrte. »Sie konnte mich so hoffnungsvoll anschauen«, sagte er schaudernd. »Als ob sie eine Eintrittskarte gekauft hätte und die Vorstellung einfach nicht anfinge.«

Jetzt hat er Freundinnen, und er sieht sie so selten wie möglich. Jetzt, wo sein Liebesleben saniert ist, fängt er an, an seinem Freundeskreis zu sägen. Er ruft nicht mehr an, er schreibt lieber ein Briefchen. Wer anruft, muß etwas zu erzählen haben oder sich für ein ausführlich erzähltes Erlebnis interessieren, erklärt er. Ein Brief dagegen wird besonders geschätzt. Ich nickte verständnisvoll. Ich schreibe auch lieber ein Briefchen. Mein Leben droht immer wieder, zum Chaos zu werden, voller Verpflichtungen und Verabredungen. Ich gebe mir alle Mühe, Ordnung zu schaffen. Ich habe einen Terminkalender zu hfl 3,75, aber auch darin kann ich notieren, was ich tun und wen ich anrufen muß. Am Telefon geht es schief. Ich weiß nicht, wie ich ein Gespräch beenden soll. Aus lauter Verzweiflung treffe ich dann eine Verabredung zu einem Geschäftsessen. Das darf ich aber nicht. Bei Geschäften gibt es keine Hurenvorstellungen.

Gut im Bett

Ich bin verrückt nach Umfragen. Wenn ich gepunktete Linien sehe, dann juckt es mir in den Fingern. Ausfüllen will ich, ausfüllen! Jeder Pfuschtest in jeder blöden Zeitschrift wird erledigt. Testen Sie Ihre Wahrheitsliebe, messen Sie Ihre Sinnlichkeit, untersuchen Sie Ihr Selbstvertrauen. Früher, als ich noch Psychologie studierte, war es auch schon so. Ich habe drei Intelligenztests gemacht und weiß nun, daß ich mäßig, normal und hochbegabt bin.

Ich habe auch Persönlichkeitstests gemacht. Es gibt einen sehr langen mit 568 Fragen, der angeblich wie kein anderer unsere Persönlichkeit wiedergibt. Den habe ich auch gemacht. Es kam dabei heraus, daß ich ziemlich nervös bin. Das hatte ich auch vermutet, es war mir früher schon aufgefallen, daß andere Menschen angesichts von Hunden und bei lauten Geräuschen weniger zusammenzucken als ich.

Neben den Fragebögen liebe ich auch Umfragen mit ausfüllendem Befrager. Manchmal hat man Glück und wird von einer Dame angerufen, die fragt, welche Zeitung man liest, ob man verheiratet ist und welche Waschpulvermarken man kennt. Ich bin auch auf der Straße von einer Marktforscherin angesprochen worden, für die ich einen Namen für einen neuen Kaffee aussuchen sollte. Das habe ich mit großem Vergnügen getan.

Die Untersuchung von *Opzij*, eine Art niederländische *Emma*, über das Sexualleben von Feministinnen habe ich leider verpaßt. Ich weiß nicht sicher, ob ich als Feministin durchgehe, aber Sex ist immerhin mein Lieblingsgesprächsthema, deshalb kommt mir eine Umfrage über Sex herrlich vor. 395 Feministinnen und 674 »Durchschnittsfrauen« wurden befragt, was sie im Bett wünschten und verabscheuten. Besonders überraschend war das Ergebnis dieser Untersuchung nicht. Die Feministinnen fanden den Orgasmus am schönsten. Daß der Partner auch zum Höhepunkt kam, fanden sie nett, Küssen stand hoch im Kurs, ein Kondom verdarb das Vergnügen, und wenn ein Typ Sonderwünsche hatte, wie Analverkehr, Voyeurismus, Fesseln, Peitschen und Kunstpenisse, dann konnte er sich verpissen. Kaum eine Feministin wollte mit ihrem Liebhaber zu einer Prostituierten gehen. Und das wollten die Durchschnittsdamen wohl auch nicht.

Die Unterschiede bestanden laut *Opzij* denn auch eher in allgemeinen Ansichten. Feministinnen haben etwas liberalere Anschauungen, sie halten einen Mann und Mutterschaft nicht für das Wichtigste im Leben. Im Bett möchten sie gern wissen, wie sie ihrem Partner eine Freude machen können. »Feministinnen sind gut im Bett«, verkündete eine Mitarbeiterin von *Opzij* triumphierend. Das fand ich reichlich anmaßend. Ich nehme an, daß die 395 Feministinnen weniger als die 674 anderen Frauen von der täglichen Langeweile in Familie und Supermarkt gequält werden. Sie verdienen Geld und können ohne Schwierigkeiten von Zeit zu Zeit interessante Partner auswechseln. Das kommt dem Enthusiasmus im Bett zugute. Heißt das aber »gut im Bett«?

Als ich in die Pubertät kam, nahm ich mir vor, später gut im Bett zu werden. Ich las Aufklärungsbücher. Vor allem Van de Veldes *Die vollkommene Ehe* fand ich lehrreich. Von Frauen hatte Van de Velde nicht viel Ahnung.

Er glaubte, die Ejakulation des Mannes müßte die Dame in orgiastischem Genuß mitreißen und daß eine Frau, die nicht mit ihrem Mann gleichzeitig kam, nicht genug weibliches Anpassungsvermögen hätte. Über Männer wußte Van de Velde dagegen eine Menge. Bis ins Detail beschrieb er die Handgriffe, die eine Frau durchführen konnte, um ihren Mann hochzubringen. Diese Techniken habe ich auswendig gelernt, und es ist ein Jammer, daß Van de Velde mich nie in seinem Bett gehabt hat. Er wäre davon überzeugt gewesen, ein Meisterwerk verfaßt zu haben.

Im Bett gibt es sehr vieles, was guttut. Wir können streicheln, küssen, lecken, reiben, kribbeln und krabbeln, und dann gibt es auch noch die Stellungen. Die sagen mir nichts, ich bin schlecht im Turnen, und ich finde es auch nicht sehr erotisch, so komisch beieinander zu liegen.

Auf einem Fest habe ich eine Feministin getroffen. Sie arbeitet bei *Opzij*. »Bist du gut im Bett?« fragte ich. »Ich, gut? Solange er nur gut ist!« sagte sie. Sie lachte unheilverheißend, und ich würde, wenn ich ein Mann mit Absichten wäre, erst ein bißchen üben, ehe ich mich ihr als Liebespartner anböte. Ich fragte noch eine Menge andere Frauen, und viele gaben dieselbe Antwort. »Hauptsache, er ist gut.« Das fand ich seltsam. Finanzielle Unabhängigkeit ist nicht jeder Frau beschieden, und wir können unser Herz an ein Ekel verlieren, aber im Bett haben wir jedenfalls zur Hälfte das Sagen. Ich finde es sündhaft, dem Mann zu überlassen, ob beim Sex etwas herauskommt.

Die Männer glaubten von sich selbst, allerlei zu können. »Was kannst du denn?« fragte ich, und zu meiner Überraschung fingen sie treuherzig an, ihre Fähigkeiten aufzuzählen. Meine Umfrageaktion wurde immer besser.

Als Rückkopplung meldete ich der Feministin, sie brauche sich keine Sorgen zu machen. Die Männer täten schon ihr Bestes.

»Weißt du, wer gut ist?« fragte eine erfahrene Freundin. »Häßliche Männer. Die schönen finden es immer ganz toll von sich, wenn sie sich zur Verfügung stellen, aber häßliche Männer sind dankbar, wenn du mit ihnen ins Bett gehst.« Sie erzählte von einer langen schlanken Frau, die beruflich oft auf Empfänge gehen muß. Bei solchen Gelegenheiten läßt sie sich von ihrem Bruder begleiten. Ihren Liebhaber hält sie versteckt. Er ist dick, klein und kahl, und sie schämt sich seinetwegen ein bißchen, aber wenn sie in seinen Armen liegt, fühlt sie sich wie eine Stradivari.

Vielleicht hat diese Freundin ja recht. Ich hatte auch schon einmal einen dicken kahlen Liebhaber, der noch obendrein lispelte. Im Bett war er ein Prinz. Ich treffe ihn noch manchmal. »Was machst du, wenn du eine Dame nicht gut im Bett findest?« fragte ich.

»Gar nichts«, sagte er. »Dann kann ich nichts tun. Und nachher erzählt sie dann überall, ich wäre ein mieser Liebhaber.«

Ein Mann mit Macht

Sonja verliebt sich immer in Männer von Rang und Stand. Am liebsten hätte sie einen Arzt. Sie wäre so gerne eine Arztfrau. Sie ist verrückt nach ekelhaften Krankheiten, und es ist so ein edler Beruf, Arzt, vor allem, wenn man ihn nicht selber ausüben muß. Sonja wollte dermaßen unbedingt einen Arzt, daß sie sich eine Zeitlang mit einem ehemaligen Betriebsarzt von Gottweißwo zufriedengegeben hat. Der Mann hatte zwar Medizin studiert, wußte aber durchaus nicht, wie man Menschen wieder gesund macht. Züge, damit kannte er sich aus, er konnte keinen Zug vorbeifahren sehen, ohne mit einem unzusammenhängenden Vortrag über Seriennummer, Baujahr, Kapazität und andere Eigentümlichkeiten loszulegen.

Züge fand er viel interessanter als Furunkel, und über seinen sozialen Status dachte er nicht nach. Sonja wohl. Sie beendete die Beziehung und machte sich auf die Suche nach jemandem aus der Welt des Films. Einen Filmmann wollte sie, einen Produzenten, einen Regisseur oder zur Not einen Kameramann. Wenn er nur beim Film war. Und zwar wegen der Feste. Was würde sie für ein Aufsehen erregen, wenn sie in ihrem feschen Kleid hereingetrippelt käme. Da haben wir die charmante Frau von Karel, dem Kameramann.

Ich habe versucht, Sonja zur Nüchternheit zu bewegen. »Und wie geht's nach dem Fest weiter?« fragte ich. »Dann machen wir es uns zu Hause gemütlich«, sagte sie voller Optimismus. »Dann sprechen wir über seine Arbeit. Oder wir laden Freunde zum Essen ein. Interessante Freunde.« Tatsächlich fand sie einen Mann, der beim Film war. Er hatte irgend etwas mit Kabeln zu tun, sprach aber nicht viel über seine Arbeit und besuchte auch keine Feste. Die Romanze verlief im Sande.

»Was soll ich denn jetzt mal nehmen?« seufzte Sonja.

»Versuch's doch mal mit einem netten Mann«, sagte ich. »Mit Nico zum Beispiel.« Sie warf mir einen Blick des Abscheus zu.

Nico arbeitet im Büro und fährt mit dem Rad zur Arbeit, nicht mit dem Rennrad, nicht mit einem rostigen Wrack, sondern mit einem Prunkrad aus dem Laden! Das Schlimme war, daß ich sie verstehen konnte. Das männliche Image ist so empfindlich. Ich kann zum Beispiel einen Mann, der auf der Straße an einem Eis leckt, nicht ernst nehmen. Begehrlich schnaufen, wenn er Essen riecht, darf er auch nicht.

»Nein«, sagte eine Freundin, mit der ich alles bespreche. »Leckermäuler finde ich nicht schlimm, aber ohnmächtige Wut finde ich entsetzlich.« Sie hat einen Mann, der sich nichts gefallen läßt. In Restaurants möchte er korrekt behandelt werden. Das ist in der niederländischen Gastronomie arg viel verlangt, deshalb erleidet er regelmäßig einen Wutanfall und stürzt unter vollen Segeln aus dem Lokal. Sie schlufft hinterher und kann gerade noch sehen, wie der Ober die Schultern zuckt und sich an die Stirn tippt. Ein böser Ehemann mit rotem Gesicht sieht nicht besonders heldenhaft aus.

Machtlosigkeit, das mögen Frauen nicht, im Gegenteil, sie sehen gern einen Mann mit Prestige. Henry Kissinger, der unter Präsident Nixon Außenminister war, sieht aus wie eine Dampfnudel, aber er war seinerzeit ein gefürchteter Damenheld. Macht und Charme, das ist eine Kombination, die noch das festestverriegelte Damenherz knacken kann. Ein bißchen peinlich ist das schon. Männer sind in dieser Hinsicht weniger eigensüchtig.

Ein Mann ist schon zufrieden, wenn eine Frau freundlich zu ihm ist und nett aussieht. Die meisten wissen auch, welchen Typ sie mögen: Blond oder dunkel, mit großem oder kleinem Busen, mit schönen Beinen oder kleinem Hintern. Das heißt nicht, daß ihre Ehefrau so aussieht, aber sie können eventuelle Mängel ausgleichen. Es gibt zahllose Zeitschriften, in denen attraktive Frauen abgebildet sind, appetitlich angerichtet in wollüstigen Stellungen.

Frauen können dem nichts abgewinnen. »Einen schönen Mann hast du doch nie für dich«, sagen sie. Aber das stimmt gar nicht.

Ich habe zufällig einen sehr schönen Verlobten. Er hat breite Schultern und schmale Hüften, dunkle Locken und grünblaue Augen. Er ist eine Schönheit und noch dazu von liebem Charakter. Und doch bewerben sich nur wenig Damen um ihn. Das liegt an seiner gesellschaftlichen Stellung. Er ist Zimmermann von Beruf, zimmert jedoch nur selten. Am liebsten wird herumgesumpft, das kann dieser Verlobte wirklich am allerbesten. Er kann Zeit totschlagen wie kein anderer, und deshalb hat er es in der Gesellschaft nicht weit gebracht. Deshalb machen Frauen einen Bogen um ihn, wenn sie auf der Suche sind. Sie wollen lieber einen Direktor.

Aber meinem Freund Willem zufolge bahnt sich jetzt eine Änderung an. Er hatte sich nach zwanzig lieblosen Ehejahren von seiner Frau scheiden lassen und wollte nun seine große Liebe, Coby, in die Arme schließen. Aber Coby hatte schon einen anderen. Keinen soliden Mann wie Willem, sondern einen Nichtsnutz. Er hat ein

Segelboot, mit dem er in der Welt herumfährt, und er verdient sein Geld mit kleinen Verbrechen. »Was ist bloß in euch gefahren?« fragte Willem. »Du hast diesen komischen Zimmermann, Coby liebt einen Kriminellen, und dann kenne ich noch eine Frau, die in einen Goldsucher verknallt ist und eine, die sich einen tschechischen Flüchtling ausgesucht hat. Früher wolltet ihr doch Männer mit Aufstiegschancen!«

Sofort erzählte ich ihm von der Vakanz bei Sonja, aber er rümpfte nur die Nase. Sonja ist klein und dunkel, und Willem liebt es groß und blond. Die Männer werden sich nie ändern.

Hütchen

Als Annie ihren Mann verlassen hatte, wohnte sie eine Weile bei mir. Ich hatte Verständnis und ein Gästebett, es lag also nahe. Annie war immer noch bei mir, als Gerdien beschloß, ihren Mann sitzen zu lassen. »Kann ich so lange bei dir bleiben?« fragte sie. »Ja, sicher«, sagte ich, ich fand es nämlich nett, so eine würdige Hausfrau als Mitbewohnerin zu haben. Annie hatte als Beschäftigungstherapie meine Jalousien geputzt, und Gerdien kochte gern komplizierte Menüs.

Nach Gerdien war es eine Weile still im Haus, dann kam Jan. Jan war fünf Jahre lang mit einer Frau verheiratet gewesen, die sich geirrt hatte. Sie hielt Jan für einen starken, klugen Mann, an den sie sich anlehnen konnte, aber Jan ist gar kein so strammer Bursche. Er ist zwölf Jahre älter als sie, deswegen kam ihr das wohl so vor. Als sie Jan durchschaut hatte, wollte sie ihn nicht mehr. Also kam er zu mir.

»Muß ich ins Gästebett?« fragte er am ersten Abend.

»Ja«, sagte ich, aber das ignorierte er.

»Ich komme zu dir ins Bett, weil das gemütlicher ist«, sagte er. »Ich tu aber nichts.« Er tat auch nichts, aber unter dem Laken wuchs etwas. »Du kriegst doch wohl keine Erektion?« fragte ich. »Ich kann nichts dafür«, antwortete Jan. »Vielleicht sollten wir über gekochten Blumenkohl sprechen, das hilft bestimmt.«

»Oder über Lymphdrüsen«, schlug ich vor.

»Schleimbeutel«, sagte Jan.

»Fleischgewächs«, sagte ich, und »Smegma.« Das brachte es.

Ich halte Smegma für das ekelhafteste Wort, das ich kenne. Ich verbinde damit auch eine Erinnerung.

Vor langer Zeit war ich in Jacques verliebt. Ich weiß nicht genau warum, aber ich sollte und mußte diesen Mann haben. Das war nicht schwer. Er zog seinen Terminkalender aus der Tasche und schlug ein Datum vor. Das war nicht sonderlich verführerisch, aber doch nichts im Vergleich zu dem, was mich erwartete. Am vereinbarten Tag meldete Jacques, daß von sexuellem Kontakt nicht die Rede sein konnte. Er hatte Phimose. Durch mangelnde Hygiene hatte sich unter dem Rand der Eichel eine Smegma-Ansammlung gebildet. Die hatte sich dann entzündet, und die Vorhaut ließ sich nicht mehr zurückschieben, sie schien festzukleben. Ich war nicht mehr verliebt in Jacques.

»Darum mache ich es nur mit Beschnittenen«, sagte ein homosexueller Freund. »Amerikaner sind beschnitten, Juden sind beschnitten und Islamanhänger auch.«

»Weiß du, was ich bei Beschnittenen so anstrengend finde?« erwiderte ich. »Ich kann so einem Mann keinen runterholen. Du kannst dich ja nirgendwo festhalten.«

»Das ist ja auch der Sinn der Beschneidung«, erklärte mein Freund. »Sie soll verhindern, daß Samen vergossen wird.« Ich glaube ihm, schließlich ist er Sexologe und auf Männer spezialisiert. Wenn ich etwas über Männer wissen will, dann frage ich ihn. Vor kurzem las ich in einer Zeitschrift, daß zur Zeit unter homosexuellen Männern der Penis mit Hütchen sehr bliebt ist, ein unbeschnittener Penis mit langer Vorhaut, die wie eine Tülle über die Eichel hinausragt, solange von Erektion nicht die Rede sein kann. Mein Freund machte ein bedenkliches Gesicht. »So ein Hütchen ist kein gutes Zeichen«, sagte er. »Wenn ein Junge als Kind nicht gelernt hat, die Vorhaut weit genug zurückzuschieben, dann entsteht so ein Hütchen. Das kann ein Anzeichen für mangelhafte Hygiene sein.«

Ich dachte darüber noch weiter nach, nicht über die Hygiene, sondern über die Penismoden. Frauen treffen in der Regel auf so wenig unterschiedliche Penisse, daß sie niemals auf die Idee kommen würden, eine Vorliebe zu äußern. Manche behaupten zwar, einen Kleinen nicht gut genug zu finden, aber eine ausgedehnte Inventarisierung ist Frauen fremd.

»Ich werd mal nachsehen, ob Gerard beschnitten ist«, sagte Jolanda. »Da hab ich auch kaum was zum Festhalten.«

Ich sah sie verblüfft an. »Weißt du das denn nicht?« fragte ich. »Dein eigener Gerard!«

»Ich sehe ihn doch fast nie«, antwortete Jolanda zur Entschuldigung. »Im Bett liegen wir unter der Decke, und nach dem Sex wird das Licht ausgemacht.«

»Aber im Badezimmer, oder ehe er ins Bett kommt?«

Jolanda machte eine hilflose Geste. »Ich hab nie so darauf geachtet«, sagte sie. »Machen andere Frauen das denn?«

Das bezweifele ich langsam selber. Ich kenne ein altes Ehepaar, das einander noch nie nackt gesehen hat, aber ich dachte immer, das wäre einfach die alte Vorkriegshaltung.

»Ich finde Männer doch ohnehin schon häßlich«, sagte Fien. »Aber das, dieses Teil kann ich echt nicht sehen. So haarig und schrumpelig, so violett und mit Adern. Ich schaue immer in die andere Richtung, wenn Bert zu mir kommt.«

»Aber Fien!« rief ich, aber sie war nicht mehr zu bremsen und beschrieb den Stolz des armen Bert in den unappetitlichsten Farben und Gerüchen.

»Ich dachte, du siehst nicht hin«, sagte ich.

Ich habe immer gut hingeschaut. Das finde ich lehrreich. Ein gepflegter Penis ist ein guter Beginn für eine Romanze, und wenn er dann auch noch stolz aufrecht steht, dann wissen wir auf jeden Fall, daß der Besucher sich nicht langweilt. Es gibt kurze, dicke, dünne, lange, gerade und krumme, aber sonderlich wichtig ist das nicht. Sie können faul sein, anspruchsvoll, scheu oder rührend.

Ich kann mich an die verschiedenen Penisse, die mir im Laufe der Jahre vorgestellt worden sind, noch gut erinnern. Nicht in jeder Einzelheit natürlich, aber von den meisten Modellen kenne ich schon ein Exemplar. Ich habe nur keine besondere Vorliebe entwickelt. Solange sie mich nicht beleidigten, erschienen sie mir allesamt als netter Anblick. Mit oder ohne Hütchen.

Die E-Skala

»Meine Frau behauptet, ich hätte kein Herz«, sagte der Mann in der Kneipe stolz. »Sie findet mich hart, und das bin ich vielleicht auch. Aber ich bin unbedingt gerecht.« Er nickte uns noch einmal nachdrücklich zu: »Unbedingt gerecht!«

»Ich finde, du bist überhaupt nicht gerecht«, sagte meine Freundin. »Du bist feige. Du hast nicht nur kein Herz, du hast auch kein Rückgrat. Und ein Gehirn hast du auch nicht. Paß bloß auf, daß du nicht zusammenbrichst.«

Der Mann tauchte in seinem Bierglas unter.

»Du brauchst ihn doch nicht so hart anzufassen«, sagte ich. »Er war doch besser als erwartet. Nur zwei Punkte auf der E-Skala.«

Die E-Skala ist für Anneke erfunden worden. Anneke verliebt sich immer in Ekel. Sie merkt das nicht, sie glaubt, fesche, interessante Männer mit durchdringendem Blick und künstlerischem Beruf zu lieben, aber das ist Unsinn. Ekel sind das.

Zuerst hatte sie Charles. Charles war Industrie-Designer. Er mußte viel reisen und blieb manchmal wochenlang spurlos verschwunden. Dann grämte Anneke sich und zerbrach sich den Kopf, warum er weder anrief noch schrieb. Später stellte sich heraus, daß er keine sehr weiten Reisen unternahm, er saß in Apeldoorn, bei seiner Frau, der er auch weisgemacht hatte, daß er ewig verreisen müßte. Als er seine Betrügerei gestand, weinte er ein bißchen. Er ist sensibel, folgerte Anneke und hat noch anderthalb Jahre mit ihm herumgewurstelt.

Bis ihr Han begegnete. Goldschmied war er, hatte Augen wie Juwelen und einen Schnurrbart. Ein Ekel allerersten Ranges.

»Was findest du bloß an dem Mann?« fragte ich.

»Ich finde ihn total geil«, sagte Anneke.

Er hielt sich selber auch für unwiderstehlich, probierte aber sicherheitshalber seinen Charme bei jeder Frau aus, die ihm über den Weg lief. »Ich glaube nicht, daß er wirklich fremdgeht«, sagte Anneke schwach. Am Wochenende saß sie neben dem Telefon und wartete, denn vielleicht rief er ja doch noch an, und in der Kneipe hing sie wie eine triste Einkaufstasche an seinem Arm, während er seine Sternenaugen für andere Frauen funkeln ließ.

Eines Tages hatte ich das alles satt.

»Den nächsten suche ich dir aus«, sagte ich. »Das laß mal lieber«, widersprach Anneke. »Sicher so einen Trani wie deinen. Wo findest du schon einen netten Mann?« – »Im Supermarkt«, sagte ich, »beim Waschpulver. Bestimmt nicht in diesen scheußlichen Kneipen, in die du gehst. Das sind Ekelkneipen.« Und um sie in Zukunft vor sich selber zu schützen, haben wir die E-Skala entworfen, die Ekel-Skala, an der sie präzise ablesen kann, was sie für ein Ekel am Wickel hat. Die Skala hat sieben Punkte, ein Punkt ist eine leichte Macke, sieben bedeutet Entlassung. Charles war ein E-5, Han ein E-4, wir könnten also hoffen, daß sich eine hoffnungsvolle Entwicklung anbahnt, aber jetzt habe ich sie Lex anlächeln sehen. Lex ist ein fieser E-7, er ist ein so entsetzliches Arschloch, daß sogar Anneke es besser wissen müßte, aber nichts da, sie hat gelächelt. Lex hatte sich seine 7 verdient, als seine Frau gerade niedergekommen war. »Herzlichen Glückwunsch!« riefen die Kollegen, aber Lex meckerte: »Jetzt hängen ihre Titten so nach unten.«

»Das Wesen des Ekels ist seine Treulosigkeit, er meint nicht, was er sagt, nicht, was er tut, und er flieht vor den Geistern, die er selber herbeigerufen hat. Er ist der Mann, der wochenlang mit dir flirtet, und wenn du dann mit ihm im Bett gewesen bist, verkündet er, daß er nicht verliebt ist«, sagte eine Freundin. »Und dann rennt er mit tropfendem Schwanz in die Kneipe, um seinen Kumpels zu erzählen, daß er dich aufs Kreuz gelegt hat«, fügte eine andere Freundin hinzu. E-7, mit Bonus. So schlimm sind aber nur wenige Männer, die meisten kommen nicht weiter als E-3. Ein typischer E-3 ist ganz reizend, so lange noch keine feste Beziehung besteht. Er läßt drei Wochen nichts von sich hören, platzt dann unerwartet herein, fragt: »Was essen wir heute abend?«, läßt sich faul aufs Sofa fallen und will nicht mehr weg.

»Was ist denn los mit dir?« fragt sie.

»Nix«, brummt er mürrisch. Wenn sie ihn doch in seiner miesen Stimmung sitzenlassen würde, aber das tut sie nicht. Sie hat Verständnis. »Er ist eben kein großer Redner«, sagt sie. Es würde wohl auch nichts bringen, wenn wir versuchten, ein Ekel zu ändern. Er weiß es nicht besser. Wenn eine Frau ihm keine Aufmerksamkeit widmet, dann denkt er nicht: »Mein Gefasel gefällt ihr nicht«, sondern: »Sie hat sicher ihre Tage.«

Ich habe eine Annonce aufgegeben: Gesucht: Netter Mann für Anneke (35), möglichst kein Ekel. Aus dem Briefstapel habe ich drei Männer ausgesucht, die in Frage kommen könnten. Alle drei wirkten gebildet, bescheiden und hatten interessante Hobbys. Die Treffen waren ein Mißerfolg. Der eine lächelte schafsdumm, sagte Anneke, und er trug einen Tanga, die anderen beiden waren zwar nett, aber öde! Öde, das hat sie gesagt. »Und auf der Bank sitzen und meckern, daß dein Blumenkasten spießig ist, und nirgendwo hinwollen und deine Kleider kritisieren, ist wohl nicht öde?« schrie ich.

Und jetzt hat sie einen neuen. Er ist Fotograf, 42 Jahre alt und sieht zehn Jahre jünger aus. Er hat eine freundliche Stimme, er liebt sie und macht Pläne für das Wochenende. »Wollen wir auf Marken Fisch essen?« fragte er. Anneke ist endlich glücklich. Letzte Woche kam sie zu mir, um seinen E-Faktor festzustellen. Sie trug hochhackige Schuhe und benutzte Lippenstift. So hatte ich sie noch nie gesehen.

»Wie gefällt er dir?« fragte sie bei der Nachbesprechung. »Er ist so nett! Gestern haben wir ein Kostüm für mich gekauft. Er liebt gutgekleidete Frauen. Seine letzte Freundin war auch sehr elegant.«

Ich blickte sie düster an. E-3, wenn du mich fragst, aber es kann sich noch steigern.

Ihre Ehe

Früher hatte ich einen Hintergarten. Im Winter stellte ich mich ans Fenster und dachte: Das ist mein Garten. Vor allem, wenn es geschneit hatte und nur Vogelfüßchen Mitbesitzer all der Schönheit waren, fühlte ich mich reich. Im Sommer war es auch sehr schön, einen Hintergarten zu haben, aber dann gehörte er mir nicht richtig. Alle Nachbarn öffneten bei schönem Wetter ihre Fenster, und ihre häuslichen Geräusche wirbelten nach unten. Heulende Kinder, klapperndes Geschirr, Fernseher, alles war zu hören. Ein Stück weiter die Straße hinauf wohnte eine unglückliche Ehe. Fast jeden Sommerabend hatten sie Streit. Er fing so gegen sieben an. Dann brummte der Mann, und die Frau klagte. Nach einer Weile fing er an zu schreien und sie fing an zu keifen, und um zehn Uhr endete der Streit in unheilschwangerer Stille.

Eines Tages rief die Frau: »Du machst meine Ehe kaputt!« Von nun an verschlimmerte sich der Streit. Sie gewann, das war deutlich zu hören. Sie schimpfte, sie schmiß mit Geschirr, und sie spuckte ihn an. »Ich spucke dich an!« rief sie dann. »So!« Er gab sich kaum Mühe, sich zu wehren. Ich hörte ihn zwar ab und zu schreien, aber das brachte nicht viel. Für ihn war es ein ehelicher Streit, für sie war es Krieg. Es ging um ihre Ehe, ihr Eigentum.

Männern geht das so mit Autos. Auch, wenn das Auto von ihrem Geld gekauft worden ist, wenn er fährt, dann gehört das Auto ihm, so sehr, daß er langsam zum Auto wird. »Meine Schaltung ist kaputt, ich muß mein Öl nachsehen lassen.« Frauen haben einen Mann. Solange sie ihn lieben, ist das sicher ein angenehmes Gefühl. Das größte Stück Fleisch ist für Papa, sie strickt ihm einen schönen Pullover, sie brüstet sich mit seiner Arbeit. Erst wenn sie herausgefunden hat, daß sie ihn im Grunde für ein Ekel hält, wird ihre Ehe für ihn zur Hölle. Sie beschimpft ihn oder gibt ihm schweigend zu verstehen, was sie von ihm hält, nur eins ist klar: Daß sie an ihn denkt, den ganzen Tag.

Wenn sich ein Mann nicht mit seiner Frau versteht, dann verbannt er sie aus seinen Gedanken. Er vergißt ganz einfach, daß sie existiert. Das kann ihr nicht passieren. Noch mehr als zu der Zeit, als sie ihn geliebt hat, beschäftigt sie sich mit ihm. Aufmerksam untersucht sie sein ganzes Wesen. »Jetzt sieh dir doch an, wie dieser Sack wieder vor dem Fernseher hängt, wie er mit seiner Suppe herumsaut!« Im Kopf hat sie eine genaue Karte seiner wunden Punkte, sie führt Buch über seine Mängel. Ihr Mann, ihre Ehe.

Ich kenne einen Mann, der schon seit vier Jahren eine neue Freundin hat und sich immer noch nicht ins Jordaanviertel traut, weil dort seine böse Exfrau wohnt. Er lebte schon ein halbes Jahr von ihr getrennt, als sie ihn eines Tages anrief. Es war nämlich Winterzeit, und er mußte die Uhren in ihrem Haus eine Stunde zurückstellen. Das war seine Aufgabe, immer schon. Am Telefon hatte sich eine Dame gemeldet.

»Was hat diese Person in deinem Haus zu suchen?« hatte die Ex gerufen. »Das ist eine Freundin«, antwortete er. »Warum geht sie ans Telefon?« donnerte sie. »Weil es geklingelt hat«, sagte er, und das hätte er nicht sagen dürfen, denn seitdem hat er einen Mühlstein am Hals: Els.

Solche Männer gibt es wohl häufiger. Auf den ersten Blick wirken sie anziehend, umgänglich und gutgelaunt, aber leider, leider leiden sie unter einer schleichenden Krankheit: Ihre verflossene Verlobte. Vor allem, wenn auch Kinder da sind, gibt es keine Rettung.

Gerard zum Beispiel, der vier Kinder hat, was viel zu viel ist, aber der Mann ist nun einmal der geborene Vater. Er hat sich alle Mühe gegeben, um in gutem Einvernehmen mit seiner Exfrau zu bleiben, und das schien sogar zu klappen, vor allem, als sie einen neuen Freund fand. Kurz darauf wurde Gerards neue Freundin schwanger. Jetzt darf er – im Austausch für das kommende Baby – die anderen vier Kinder nicht mehr sehen. »Dann hätte er uns nicht im Stich lassen dürfen«, sagt seine Ex.

Die neue Freundin ist wohl genauso schlimm. Ich bin ihr einmal begegnet. Sie hat den Augenaufschlag eines Kuckucks, der soeben alle ursprünglichen Bewohner des Nestes über den Rand gestoßen hat. »Mein, mein«, denkt sie.

Wer über dreißig ist und nach einem neuen Verlobten Ausschau hält, muß sich die Wahl gut überlegen. Es wäre schön, wenn wir einen Mann fragen könnten, wem er gehört, aber meistens weiß er das selber nicht. Er wird ferngesteuert.

Auf einem Fest unterhielt ich mich mit der Frau eines feschen Mannes. Sie unterbrach unser Gespräch mit einem entschuldigenden Lächeln. »Kurz eingreifen«, murmelte sie. Ich sah, wie sie durch die Menge zu ihrem Mann lief. Sie blieb nur ganz kurz bei ihm stehen, bis die Dame, mit der er gesprochen hatte, sich umdrehte und verschwand. Gleich darauf war meine Gesprächsgenossin wieder bei mir. »Sorry«, sagte sie, »aber wenn Herman sich mit der Hand durch die Locken fährt, dann weiß ich, daß er sich geschmeichelt fühlt. Und dann stelle ich lieber klar, was Sache ist.«

Die meisten Frauen behaupten, sie würden sich niemals am Mann einer Freundin vergreifen. Und das hat seinen guten Grund. So kraftlos, wie Frauen sein können, wenn es darum geht, sich eine Stellung in der Gesellschaft zu erobern, so treffsicher sind sie, wenn es um einen Mann geht. Ich kenne eine Frau, die einen Topf Abbeizmittel über dem Auto ihres Exmannes auskippte, als er es wagte, eine neue Romanze anzufangen; eine andere fing kurz vor der Scheidung an, wie eine Besessene die gemeinsamen Güter durch ein Klavier, ein Rennrad, ein Videogerät, Fahrstunden und ein Auto zu vermehren. Ich habe so etwas nie getan. Mit den meisten Verlobten habe ich es sehr nett gehabt. Da kann die nächste Frau gern das Kerngehäuse übernehmen.

Die Vagina

Wäre ich als Mann geboren, dann wäre ich klein und kahl. Deshalb bin ich heilfroh, eine Frau zu sein. Nur um eines beneide ich die Männer, nämlich um ihren Schwanz. Wie gern hätte ich einen Schwanz, so einen praktischen Penis, mit dem ich stehend pinkeln könnte, so ein kompromißbereites Geschlechtsorgan, das noch auf das unbeholfenste Streicheln mit einem Orgasmus reagiert, darauf war ich schon als Kind eifersüchtig.

Kleine Jungen werden vielleicht nicht über alle Funktionen ihres Penis informiert, aber immerhin wird ihnen erzählt, daß sie einen Piephahn haben. Bei Mädchen sind Eltern nicht so offenherzig. Ich bin mit vagen Ortsandeutungen aufgewachsen: Unten, im Gegensatz zu Oben, womit der Busen gemeint war. Ehe von einem Oben die Rede war, sprach meine Mutter vom Vorderpopo, wahrscheinlich wegen des nahegelegenen Hinterpopo.

Inzwischen hat sich vieles gebessert, aber noch immer gehen Männer mit ihrem Geschlechtsteil sehr viel vertraulicher um als Frauen. Das liegt ja auch ganz auf der Hand. Wenn eine Frau einmal hinsehen will, muß sie einen Spiegel davor halten, sonst sieht sie nichts. In den 70er Jahren, als die Frauenbewegung voll in Gang war, wurde das in Frauenhäusern geübt. Nackt und mit angezogenen Beinen lagen Frauen auf dem Boden, um sich selber und anderen Gelegenheit zu geben, ein Terrain zu inspizieren, das bislang den Gynäkologen vorbehalten gewesen war. Damals wurde ich oft zum Mitmachen aufgefordert, aber ich konnte einfach nicht. Ich habe einen Horror vor allen medizinischen Handlungen. Warme, feuchte Körperhöhlen halte ich gewissenhaft sauber, aber es macht mir kein Vergnügen, hineinzuschauen.

Durch diese gynäkologischen Untersuchungen sollten Frauen lernen, ihre intimen Teile zu lieben. Das fällt uns nämlich schwer, und das ist kein Wunder.

Alles, was wir über Vaginas hören, hat mit Ekelkram zu tun, mit Ausfluß, Belag und störendem Geruch. Manche Tamponreklamen erwecken den Eindruck, daß der Fabrikant die Damen am liebsten für immer verstöpseln würde. Vor zehn Jahren gab es auch Intimsprays, einen gemeinen Artikel, mit dessen Hilfe Frauen ihren Körpergeruch durch den Duft von Tannen oder Apfelblüten ersetzen sollten. Dieses Produkt wurde angepriesen mit dem Bildnis einer jungen Frau, die anstelle ihrer Scham ein fehlendes Puzzlestück zeigte. Sie war ganz offensichtlich fast perfekt.

Intimsprays gibt es nicht mehr. Frauen bekamen davon nämlich Ausschlag. Die Vagina ist sehr empfindlich. Eigentlich sollten wir nicht zuviel darin herumputzen und schrubben, dazu ist sie nicht angelegt. Aber Frauen können es nicht lassen, sie denken an die unangenehmen Gerüche. Männer riechen genauso wenig nach Apfelblüten, aber denen macht es nichts aus. Ihr Schwanz bereitet ihnen so großes Vergnügen, daß es sie nicht weiter stört, wenn er ab und zu ein bißchen stinkt. Frauen quälen sich. Wenn sie ihre Tage haben, halten sie sich für unrein, auch, wenn sie überhaupt nichts mit Religion am Hut haben. Prämenstruelle Spannungen sind auch ein typisches Damenleiden. Es stimmt, daß Frauen, ehe die Menstruation einsetzt, kurzangebunden sind und zu kriminellen Handlungen neigen, aber Männer sind das ganze Jahr so.

Und die gehen deshalb auch nicht zum Psychiater. Wenn ein Mann jeden Monat bluten müßte, dann würde er das wahrscheinlich für ein Anzeichen seiner überströmenden Kraft halten, nicht für eine peinliche Nebenerscheinung der menschlichen Fruchtbarkeit.

Als ich dreizehn war, wollte ich gerne anfangen zu onanieren. Ganz vorsichtig ließ ich einen Finger nach innen gleiten. So wird das wohl klappen, dachte ich, empfand dabei aber keinen Genuß. Traurig folgerte ich daraus, daß mein Liebesleben schon ein Mißerfolg war, noch ehe es richtig angefangen hatte. Es dauerte drei Jahre, bis ich herausgefunden hatte, wie ich trotzdem zum Orgasmus kommen konnte. Ich war nicht froh darüber. Wie sollte ich denn jemals mit einem Mann etwas Schönes aufbauen, wenn wir so unterschiedliche Interessen hatten? Zum Glück gab es die Aufklärungsbücher. Darin stand, daß Frauen ein anderes Sexualerleben haben als Männer und daß eine Dame eine Bestellung aufgeben kann, die der Mann sofort voller Begeisterung auszuführen hat. Schließlich wünscht er sich nichts inbrünstiger, als ein guter Liebhaber zu sein. Die Wirklichkeit war dagegen enttäuschend. Manche Männer begriffen nicht, was ich wollte, andere vergaßen die Lektion immer wieder. Ich hatte einen Verlobten, den ich alle drei Wochen darauf hinweisen mußte, daß ein tiefer geistiger Kontakt auf die Dauer nicht genug ist. Ein Orgasmus ist netter. Während der nächsten Tage tat er sein Bestes, dann hatte er alles wieder vergessen. Jedesmal, wenn ich ihn fragte, ob ich auch mitmachen dürfte, fiel er aufs Neue aus allen Wolken: »Hättest du das doch gesagt, Liebste!«

80 Prozent aller Frauen kommen nur dann zum Orgasmus, wenn etwas oder jemand ihre Klitoris leckt oder streichelt, durch den Coitus allein kommt es ihr nicht.

Nie. Auch nicht, wenn sie den Mann ganz heiß liebt. Wir könnten also annehmen, daß diese überwältigende Mehrheit dafür sorgt, daß alle Männer die Gebrauchsanweisung im Kopf behalten. Das stimmt aber nicht. Ich habe mich immer davor gegraust, mit einem neuen Liebhaber ins Bett zu gehen. Wenn ich sagte, daß Vögeln allein nicht ausreichte, dann gab es zwei Möglichkeiten. Entweder sagte er, »das macht nichts«, und machte weiter, oder er sagte »das macht nichts«, und fragte, wie er mir gefällig sein könnte. Was ich nie glauben konnte, war, daß das nicht sein kann. Niemand will doch ein Auto, das nur mit der Kurbel in Gang zu bringen ist?

Wie kann es also sein, daß alle Männer, mit denen ich im Bett war, erzählten, daß ihre letzte Verlobte geradezu spontan zum Orgasmus gekommen sei? Fünfzehn Jahre Feminismus, und ich leide immer noch an Penisneid. Aber kahl werde ich nicht!

Ich liebe dich

Lucy hat einen Mann. Es war gar nicht so leicht, aber jetzt hat sie ihn: einen echten Verlobten mit Aufstiegschancen. Vor fünfzehn Jahren hatte Lucy auch einen Mann, aber den hat sie weggeekelt, und seitdem wollte es mit ihr und den Herren nicht mehr klappen. An ihr lag das nicht. Sie wünschte sich nur ein bißchen zu sehr einen Partner. So nannte sie es: Einen Partner. Die Gleichwertigkeit, die dieses Wort anklingen läßt, galt in Lucys Fall vor allem für den Haushalt. Ein Partner mußte brav abwaschen, putzen und einkaufen. Wenn sie zweimal mit einem Partnerschaftskandidaten im Bett gewesen war, fand sie, daß er jetzt mit Kochen an der Reihe wäre. Nette Jungen machten sich deshalb alsbald aus dem Staube, und sie quälte sich weiter mit der Spreu herum. Der eine war unzuverlässig, der andere hatte eine frühere Freundin, mit der noch nicht alles aus war, der dritte hatte Weib und Kind und hatte die Sache mit Lucy bei näherem Hinsehen doch nicht so ernst gemeint.

Eines Tages meldete sie, daß sie mit einem neuen Projekt angefangen hätte. Govert heißt er, und er macht sich nichts aus Lucys Aufträgen. Er spült nicht, ruft nur zum unpassenden Zeitpunkt an und will absolut keine netten Ausflüge machen, die Lucy so liebt. Eigentlich ist er kein besonders passender Verlobter, aber er steht zur Verfügung und hat großes Durchsetzungsvermögen. Er will sie.

»Gratuliere zum neuen Mann«, sagte ich, aber Lucy zog ein langes Gesicht.

»Ich weiß nicht, ob ich ihn wirklich liebe«, sagte sie. »Ich sage zwar immer, ›ich liebe dich‹, aber damit will ich vor allem herausfinden, was er als Antwort sagt.«

Govert antwortet natürlich gar nichts, und das ist richtig so, denn »ich liebe dich« gilt nur, wenn wir es als erste sagen. Als Wechselgeld ist es unbrauchbar. Wer es zuerst sagt, hat deshalb einen Vorsprung. Seiner Gefühle sicher, kleidet er all das Schöne markig in Worte: Ich liebe dich. Der so angesprochenen Person bleibt die triste Arbeit, die Liebe noch ein bißchen zu umschreiben. »Ich habe dich lieb« ist zu schlapp, »ich bin verrückt nach dir« hat nichts Erhabenes, und »ich auch« bezieht sich auf die falsche Person.

Ich kenne einen Dichter, der behauptet, daß Liebende ihre eigene Sprache schaffen. Das ist natürlich Unsinn. Verliebte Menschen haben zwar seltsame Codes, aber wenn sie ihre Liebe in die Sprache umsetzen wollen, dann sagen sie »ich liebe dich«. – »Was sagen Dichter eigentlich im Bett?« fragte ich den Dichter. »Ich spreche immer Englisch«, antwortete er. »Ich kann meine Gefühle viel besser auf Englisch zum Ausdruck bringen.« Damit enttäuschte mich der Dichter. Vielleicht verlangt seine Arbeit schon zuviel von seinem Niederländisch. Aber er ist ja nicht der einzige, der englische Wörter und Sätze gebraucht. Andere Leute finden auch, daß sie auf Englisch ihre Gefühle so gut ausdrücken können. Ich bin durch einen unglückseligen Zufall einmal mit einem im Bett gelandet, der auf Englisch losflüsterte. Das hat mich doch arg abgelenkt. Es hörte sich an, als ob er einen Popsong auswendig gelernt hätte.

Ich liebe dich. Es gibt nur diesen kleinen Satz, damit müssen wir zurechtkommen. Manche Menschen gehen damit so sparsam um, daß sie ihn in ihrem ganzen Leben nicht aussprechen. Mein Vater war so einer. Bis zu seinem Tod war er mit meiner Mutter verheiratet, und soviel ich weiß, war er damit sehr zufrieden, aber niemals hat er »ich liebe dich« zu ihr gesagt.

Das fand meine Mutter traurig. Es wirkte so unfertig.

Nicht nur, wie oft wir »ich liebe dich« sagen, spielt eine Rolle, sondern auch der Moment, in dem wir dem anderen zum erstenmal diese Mitteilung machen. Das darf keinesfalls zu früh geschehen.

Meine Freundin Truus geht ab und zu fremd. Um ihren Mann nicht zu beunruhigen, tut sie das hinter seinem Rücken. Die Affäre wird zumeist rasch und angenehm abgewickelt: Sie geht ein- oder zweimal mit jemandem ins Bett, lädt ihn vielleicht noch einmal zum Essen ein, und damit hat sich's.

Nur beim letztenmal ging alles schief. »Ich liebe dich«, sagte der Mann. Sie hatte ihn im Völkerkundemuseum aufgetan. Er war Saalwärter und schrecklich schön. Truus konnte der Versuchung nicht widerstehen und fing ein Gespräch mit ihm an. Als das Museum schloß, gingen sie in ein Hotel. Der Sex war enttäuschend, erzählte Truus später, aber das schlimmste war, daß er ihr, noch ehe sie richtig angefangen hatten, tief in die Augen blickte und »ich liebe dich« sagte. O je! dachte Truus, und dieses Vorgefühl sollte sich dann auch bewahrheiten. Der Saalwärter schreibt ihr jetzt leidenschaftliche Briefe und unterschreibt als »dein ergebener Sklave«, »dein süßer kleiner Prinz« und sogar als »dein eigenes liebes Kerlchen«.

Truus hat zurückgeschrieben, daß das wohl alles ein Mißverständnis sein müßte, aber er läßt sich nicht bremsen. Ihr Ehemann ist wütend, vor allem wegen des süßen kleinen Prinzen. Truus nennt ihn nämlich ab und zu ihren kleinen Prinzen. Er heißt mit Nachnamen Prins, deswegen liegt der Beiname auf der Hand. »Aber ich liebe dich doch!« hat Truus gerufen.

Durch den Tonfall läßt sich sehr viel Variation in diesen kleinen Satz bringen. Je nach Lage der Dinge bedeutet er dann »ich bin das beste, was dir je passiert ist« oder »warum tust du mir das an?«

Ich hatte einmal einen Verlobten, der es sagte, wenn er vermutete, daß ich anderer Meinung war als er. Auf die Dauer hatte ich überhaupt keine Meinung mehr. Das war wirklich ein wunderlicher Verlobter. Wenn ich ihm sagte, daß ich ihn liebte, zuckte er die Schultern. »Ja, ja«, sagte er dann ungeduldig. »Aber findest du mich auch sympathisch?«

Lügen

Ein Freund von mir hat einen Freund. Alle zwei Wochen kommt er aus Zutphen angereist, um die Romanze fortzusetzen. Dann gehen sie zusammen ins Museum, ins Theater oder ins Bett. Es ist eine schöne Beziehung, aber sie bietet wenig Entwicklungsmöglichkeiten. Das findet mein Freund auch, und deshalb hat er noch einen Liebhaber. Einen wilden Gesellen, mit dem er sich streitet und in Schwulenkneipen herumtreibt. Davon weiß der Mann aus Zutphen nichts. »Ein Mann muß alles essen, aber nicht alles wissen«, sagt mein Freund als Erklärung. »Das ist eine alte Weisheit.«

Ich frage mich, ob noch mehr Männer diese alte Weisheit beherzigen. Ich glaube nicht. Sie wollen alles wissen, und dabei schlucken sie doch voller Vertrauen allen Unsinn, den ihre Frau ihnen serviert. Sie denken nicht darüber nach, ob es wahr ist, was sie ihnen erzählt. Vielleicht denken sie sogar, daß ihre Frau in jedem Fall die Wahrheit sagt. Aber das stimmt nicht.

Frauen wollen gern gefallen. Wenn die Wirklichkeit nicht mit den Wünschen des Herren übereinstimmt, ändern sie sie eben. Make-up, Figurkorrektur, ein Kurs, keine Mühe ist uns zu groß. Und für den Notfall denken wir uns Lügen aus.

Ich kenne einen Mann, der auf einer Bohrinsel arbeitet. Das bedeutet, daß er zehn Tage dort ist, danach zehn Tage zu Hause.

Wenn er zu Hause ist, widmet er sich dem Familienleben. Er hilft im Haushalt, holt die Kinder aus der Schule ab und geht mit in den Supermarkt. Das findet er herrlich, und er glaubt, seine Frau habe ein Spitzenleben. Das macht ihm nichts aus, aber das Leben, das sie führt, während er auf seiner Insel sitzt, ist ganz anders, als er glaubt.

Tagsüber pusselt seine Frau ein bißchen im Haushalt herum, aber wenn die Kinder im Bett sind, dann deponiert sie das Babyfon bei den Nachbarn und zieht los.

Sie hat einen fröhlichen Freundeskreis und ein paar Kneipen, die sie sehr gern besucht.

Zwischen zehn und elf ist sie jedoch immer zu Hause, denn dann ruft ihr Mann von der Bohrinsel an. »Was machst du denn gerade?« fragt er. »Socken stopfen«, antwortet sie. Kein Mensch stopft heutzutage noch Socken, aber das wissen die meisten Männer nicht. Oder sie sagt, daß sie eine Sendung im Fernsehen sieht. Manchmal ruft er zu früh an, wenn sie noch nicht zu Hause ist. »Wo warst du denn?« fragt er später. »In der Bücherei«, sagt sie. »Ich habe mir so schöne Bücher ausgeliehen. Willst du wissen, wie sie heißen?« – »Nein«, sagt er, denn er liest nicht gern. Wenn er aufgelegt hat, zieht seine Frau ihre Jacke wieder an. Sie geht – soviel ich weiß – niemals fremd.

»Warum sagst du nicht einfach die Wahrheit?« habe ich sie einmal gefragt. »Dann bildet er sich alles mögliche ein«, sagte sie. »Davon haben wir doch beide nichts. Und außerdem: Ein Mann braucht nicht alles zu wissen.«

Männer lügen natürlich auch, aber wie bei allem, was ein Mann im zwischenmenschlichen Verkehr leistet, sind sie auch dabei ein bißchen primitiv.

Männer lügen über Suff und Sex. »Wenn ich zum Beispiel mit dir ins Bett gehen würde, würde ich das meiner Frau nicht sagen, auch nicht, wenn sie mich fragt, denn dadurch würde ich sie nur unnötig verletzen«, verkündete ein Mann stolz.

Er hielt sich für zartfühlend, weil er wußte, daß Wahrheitsliebe auch ihre Tücken hat. Unsinn, mein Guter! Lügen muß auf schöne Weise geschehen. Es geht nicht um eine Aussprache, die doch nicht die Wahrheit ist, sondern um ein ganzes Theaterstück, das sich hinter dem Rücken des anderen abspielt.

Ich habe immer viel gelogen. Mein erster Verlobter war ein Tyrann. Er wollte mich kein eigenes Leben führen lassen. Wenn er morgens lange schlief – und das tat er jeden Tag, er war schließlich Künstler –, mußte ich zu Hause bleiben. Nur beim Einkaufen ließ er mit sich handeln, denn sonst bekam er ja nichts zu essen. Vor zwölf durfte ich also ein Stündchen ausgehen.

Ich hätte natürlich mit Feuer und Schwert um meine Freiheit kämpfen müssen, aber eine Aktionsgruppe, die nur aus einer Person besteht, bringt nicht viel. Ich machte es anders.

Um acht Uhr stand ich auf und stellte die Uhr eine Stunde vor. Um neun Uhr ging ich mich abmelden. »Ich geh schnell einkaufen«, sagte ich und ging spazieren. Wenn ich nach ein paar Stunden zurückkam, war er längst wieder eingeschlafen. Leise stellte ich die Uhr zurück und weckte den Herrn. Er sah sofort auf die Uhr, meckerte, daß ich anderthalb Stunden weggeblieben sei und fragte, wo der Kaffee bliebe. Der Feminismus war damals noch nicht erfunden.

Bei späteren Verlobten habe ich mich selbst ein paar Stufen aushäusiger gelogen, als ich wirklich bin, damit sie nicht zuviel häusliche Gemütlichkeit von mir erwarteten.

Ich behauptete, ich könnte nicht kochen, und wenn ich den ganzen Tag im Park Zeitung gelesen hatte, erzählte ich, ich sei in der Kneipe gewesen und hätte mich festgequatscht oder wäre mit dem Bus nach Ijmuiden gefahren.

Einmal in den zwei Monaten fragte er, was ich ihm in der letzten Zeit alles verheimlicht hätte. Das hat mich so überrascht, daß er eine Antwort bekam. Aber nicht die ganze Antwort. Denn das ist nicht gut für einen Mann.

Verachtung

Enten sind einander ewig treu. Wenn sie erst einmal ein Paar geworden sind, dann gehen sie zusammen durchs Leben, legen Eier und ziehen die Kinder groß, alle Jahre wieder. Das finden die Menschen schrecklich rührend. Wir würden uns gern ein Vorbild an den Enten nehmen. Oder an den Schwänen. Schwäne sind auch monogam, und noch dazu schön. Wie gern wären wir Menschen wie Schwäne! Elegant und tugendhaft würden wir Seite an Seite durchs Leben gleiten. Bei Menschen klappt das aber nicht so recht. Solange sie verliebt sind, denken sie vielleicht noch, daß es immer so weitergeht, aber nach einer Weile beginnt diese Sicherheit zu verblassen.

Die meisten Verliebtheiten dauern nicht länger als ein bis drei Jahre, gerade lange genug für eine Hypothek, zwei Kinder und ein Auto. Das alles wird man nicht so leicht wieder los, und deshalb bleiben Ehepaare verheiratet, lange und glücklich, auch wenn sie sich nicht mehr daran erinnern können, was sie jemals aneinander gefunden haben. Die Liebe hat inzwischen ganz anderen Gefühlen Platz gemacht.

Männer und Frauen hegen füreinander eine tiefe Verachtung. Bei Männern ist das allgemein so. Dameneigenschaften, sogar schöne, zum Beispiel Intuition, finden sie lächerlich. Frauen haben einen besseren Blick fürs Detail als Männer; er sagt, Frauen könnten Wichtiges und Nebensachen nicht unterscheiden. Frauen können ihre Gefühle besser ausdrücken; sie quatschen lauter Unsinn, sagt er. Er selber verfügt nur über stolze männliche Eigenschaften. Deshalb heißt Mütterlichkeit bei einem Mann väterliches Verantwortungsgefühl, Kochlust heißt kulinarische Kreativität, und wenn sich ein Mann vergnügungssüchtig aufführt, dann nennt er sich selber einen unverbesserlichen Schürzenjäger.

Bei der Arbeit betrachten Männer Frauen normalerweise mit noch schamloserer Verachtung. Ein Beruf, der von Frauen ausgeübt wird, verliert automatisch an Wert.

Bei Frauen ist die Verachtung viel persönlicher. Sie reservieren sie für einen einzigen Mann: ihren Liebsten. Manche Frauen bringen ihre Gefühle ganz offen zum Ausdruck. Sie nennen ihren Mann »der mit dem Einkommen« oder »meiner«, als ob von ihrem Hund die Rede wäre. Von einem fiesen Hund, der überall Spuren seiner schmierigen Existenz hinterläßt. Andere Frauen zeigen ihre Verachtung schweigend. Wenn ihr Mann auf einer Gesellschaft das Wort führt, sieht sie ihn an, nicht böse, nicht ablehnend, nur etwas müde. Sie kennt die Geschichte schon. Sie ist von A bis Z erlogen, den Witz hat er vor langer Zeit von einem Kollegen gehört, die Meinung hat er aus der Zeitung. Die Gesellschaft lacht. Sie nicht, sie wühlt in ihrer Handtasche. Das ist die milde Form. Ich kenne eine Frau, die ihren Mann auf Festen anspornt, Anekdoten zu erzählen. »Erzähl doch mal vom Zeltplatz in Frankreich«, sagt sie, »du weißt schon, da, wo du vor lauter Sonnenbrand mit einem Pflaster auf der Nase herumlaufen mußtest.«

Eines Tages war ihr Mann überanstrengt. Der Arzt stellte eine zerrüttete Persönlichkeit fest und verschrieb Medizin. Ich hörte das im Supermarkt, wo sie einer Freundin diese Neuigkeit erzählte. »Das ist ja schrecklich«, sagte ich. »Schrecklich«, murrte sie. »Für mich, meinst du. Jetzt kann ich zwei Babys versorgen, meinen Sohn und meinen Kerl.« Hinter uns klapperten die Einkaufswagen. Niemand blickte überrascht auf. Frauen sagen nun einmal nur selten etwas Nettes über einen Mann. Manchmal klingt es noch freundlich. »Henk hat sich den Zeh gebrochen«, teilte meine beste Freundin voller Mitleid mit. »Der arme Schnuffel. Jetzt sitzt er auf der Bank und hat den Fuß in Gips.«

Sie erzählte, wie das passiert war. Henk war spät nach Hause gekommen und lag morgens noch im Bett. Meine Freundin war schon auf und saß auf der Bettkante, um Henk etwas vorzuquengeln. Als sie bei den Vorwürfen angekommen war, die unterhalb der Gürtellinie treffen, war Henk aus dem Bett gesprungen und hatte ihr einen ordentlichen Tritt in den Hintern versetzt. Meine Freundin ist von wuchtiger Gestalt und Henk brach sich den Zeh. »Wie traurig«, kicherte ich amüsiert.

Wo immer Ehepaare auftauchen, können wir auch die Verachtung sehen. Seine Verachtung aller Weiber, und ihre für ihn. Sobald ein Mann eine Ansicht zum besten gibt, sehen wir, wie seine Frau die anderen Frauen ansieht. »Den solltet ihr mal zu Hause erleben«, sagt ihr geringschätziger Blick. Später bekommen wir zu hören, wie der Herr sich aufgeführt hat. »Neulich war er krank. Er ist ziemlich oft krank. Dann schnieft er und legt sich mit einem Taschentuch auf dem Kopf, einem Teller Plätzchen und einer Flasche Milch in Reichweite und einem Geschirrhandtuch ins Bett. Das Geschirrhandtuch ist zum Naseputzen. Dann komme ich und verderbe alles, weil ich ihm das Thermometer bringe, um festzustellen, wie ernst es ist. Das gefällt ihm nicht.«

Während Männer frauenfeindliche Witze erzählen, beschreibt Carla, wie ihr Mann in einen Cowboyruf ausbricht, wenn er seine Morgenerektion sieht, und Jantien berichtet, wie sie eines Morgens unerwartet nach Hause kam und ihren Mann mit ihrer Netzstrumpfhose im Schlafzimmer vorfand. »Ich weiß ja, daß es Männer gibt, die Transvestiten oder Wäschefetischisten sind. Das lese ich und mache ein verständnisvolles Gesicht. Aber wenn du deinen eigenen Kerl mit seinen behaarten Pfoten in deiner Netzstrumpfhose vor dem Spiegel stehen siehst, dann wird dir doch anders zumute.«

Mitleidslos erzählen Frauen vom zerbrochenen Gebiß ihres Mannes, von seinen Hämorrhoiden und warum er lieber keine Zwiebeln essen sollte. Aber wenn irgend etwas Ekelhaftes den Ausguß verstopft oder das Auto nicht anspringt, dann wollen wir einen Mann. Einen Mann, der alles kann.

Das Bordell

»Kuck mal, was für eine tolle Frau!« sagte ich zu meinem Kollegen. Wir saßen auf einer Terrasse in der Sonne und sahen den Frauen hinterher. Eigentlich darf mein Kollege das nicht, aber er brummte doch zustimmend. Die Frau, die gerade vorbeiging, war aber auch wirklich aufsehenerregend: Sie hatte eine phantastische Figur und ein schönes Gesicht, aber das schönste war ihre federnde Gangart. Wir saßen schon seit über einer Stunde auf der Terrasse. Über die sehr schönen Frauen waren wir einer Meinung, während wir uns bei der Mittelklasse nicht einigen konnten. Er schwärmt für blond und elegant, für echte Damen. In meinen Augen sind die viel zu aufgedonnert. Mein Kollege ist verrückt nach Frauen mit hochmütigem Blick, er findet sie wunderbar, und es hat keinen Sinn, wenn ich ihn ermahne: »Bert, so eine hast du doch schon zu Hause, Bert, jetzt fall doch nicht wieder darauf herein, so eine Frau hat ein Herz wie ein Feldwebel.«

Männer sind nicht besonders klug. Wenn ihre Augen sich verlieben, ist ihr Schwanz verpfändet.

»Wieso mischst du dich hier überhaupt ein?« fragte Bert. »Frauen sind mein Gebiet, warum kuckst du dir nicht die Typen an?«

Das war eine gute Frage. Natürlich würde ich von Herzen gern Typen bestaunen, aber dann müßte auch etwas zu sehen sein. Von den meisten Männern sehe ich vor allem ein Jackett und eine Brille. Junge Männer sehen viel flotter aus, aber die gehen so breitbeinig, als ob sie Schlittschuh liefen, und sie stecken die Hände in die Jackentaschen und sehen allesamt aus wie dasselbe Müllpferd.

Vor einiger Zeit mußte ich für einen Artikel in einer Frauenzeitschrift verschiedene junge Frauen fragen, ob ihnen männliche Akte gefielen. »Wunderschön«, sagte ein Mädchen. »Wenn der Mann bloß nicht Volleyball spielt, das sieht nämlich unmöglich aus.« Die eine mochte stramme Oberschenkel, die andere breite Schultern, keine schwärmte für dicke Bäuche, und über eins waren alle Frauen sich einig: Sie sehen erst, ob ein Mann gut aussieht, wenn er sich bewegt oder wenn sie dicht bei ihm sitzen können. Frauen sehen mit den Händen, und manchmal ist nicht einmal das genug.

Vor ein paar Jahren gab es in Amsterdam einen Herren-Striptease für Damen. Auf einem Podium zogen tanzende Männer ihre Kleider aus. Die Zuschauerinnen – es gab nur Zuschauerinnen – bekamen in ihren Cocktails ein Trommelstöckchen serviert, mit dem sie auf den Tisch trommeln konnten, um die Jungs anzuspornen. Das machten wir aber nicht. Wir sahen uns wohlwollend die Vorstellung an und schoben Dollarnoten in die dafür bestimmten Strumpfbänder, aber die richtige Stimmung wollte nicht aufkommen. Das ganze wirkte wie eine Modenschau: Schöne Kleider, aber wann zieht man die schon an?

In der feministischen Zeitschrift *Opzij* wurde auch einmal über das Aussehen von Männern geschrieben. Im Rahmen der Frauenstudien hatten Studentinnen aus Nimwegen den Mann als Lustobjekt unter die Lupe genommen. »Es stimmt nicht, daß Frauen nur der Charakter wichtig ist, wenn sie einen Liebhaber suchen. Das Auge will auch etwas davon haben«, erkannten die Forscherinnen. Wenn wir Nimwegen nicht hätten! Neben diesem Artikel befand sich ein Reklamefoto, das für eine bestimmte Marke Parfüm werben sollte. Ein bildschöner junger Mann liegt auf dem Rücken, bedeckt mit dem Arm sein halbes Gesicht, seine Schamhaare sind ganz knapp nicht mit ins Bild gekommen. Frauen scheinen dieses Foto wildbegeistert in Parfümerien von den Wänden zu reißen, so schön finden sie ihn. Es ist wirklich ein prachtvolles Foto von einem entzückenden Mann, aber es sind weniger seine perfekten Formen, die die Wollust erwekken. Es ist dieses niedliche Ärmchen, das so kindlich nach hinten gebogen ist, der Kontrast zu dem männlichen Gehabe.

Ich kenne fast keine Frau, die Sylvester Stallone attraktiv findet, aber der Tennisspieler McEnroe, der so rührend schmollen kann, der findet Anklang. »Marcello Mastroianni«, seufzte eine Freundin. »Vor allem jetzt, wo er ein bißchen in Verfall gekommen ist. Früher war er zu unantastbar. Das ist nicht geil.«

Der Stripteaseclub wurde nach einigen Monaten wieder geschlossen, es fehlte einfach an Kundschaft. Sex per Blick ist den Frauen nicht beschert. Es hat auch, soviel ich weiß, niemals ein Bordell für Frauen gegeben. Frauen gehen nicht zu den Huren. Dafür haben sie auch keine Zeit, sie haben viel zuviel zu tun. Sie müssen zum Friseur, zur Gymnastik und zur Pediküre. Sie müssen zum Schönheitsspezialisten und auf die Sonnenbank. Das sind richtige Damenbordells. Sie gehen nicht dorthin, um schön zu werden. Es geht um das Gefummel, das ist einfach schön. Eine Friseuse, die beim Haarewaschen eine entspannende Kopfmassage bietet (gut für die Durchblutung der Haarwurzeln, hilft gegen Schuppen) ist ein Juwel, ein Physiotherapeut, der zusätzlich zu den schmerzhaften Übungen auch ein heilsam heißes Ölkissen in den Nacken legt, ist Gold wert.

Während die Schönheitsspezialistin mit ihren Salben und ihren geschickten Fingern die Bakterien von der einen Kundin auf die andere überträgt, gibt sie Selbstvertrauen und gute Ratschläge für den Erhalt einer schönen Haut. Sie erzählt verführerisch über die tiefenreinigende Wirkung der Reinigungsmilch, über das Prickeln des Tonikums und über den bezaubernden Effekt einer Nährcreme. Kommt damit erst einmal in einer Männerwelt!

Ich denke an die tristen Sexreisen nach Thailand, die deutsche Reisebüros organisieren. Die enthalten nichts als dreizehn Stunden Flugreise, eine Prostituierte und eine exotische Geschlechtskrankheit. Wenn eine Frau eine erotische Reise machen wollte, dann wüßte sie etwas besseres: Eine Sauna in Finnland, eine Massage in Japan und eine ausgiebige Fußpflege in Ägypten. Und für den Orgasmus kommt sie einfach wieder nach Hause. Da hat sie einen Mann, der das sehr gut kann. Sie hat es ihm schließlich selbst beigebracht.

Auf der Suche nach Liebe

Menschen sind voll von Liebe. Wenn sie es dabei belassen würden, dann wäre ja auch alles in Ordnung, aber so ist es nicht. Sie wollen tauschen: Deine Liebe gegen meine. Das führt zu Verwirrung. Nicht jeder Deckel paßt auf jeden Topf, und am Ende der Transaktion sitzen wir da mit Einzelstücken, übriggebliebenen Menschen, die niemanden gefunden haben, den sie lieben könnten.

Vor zehn Jahren hatte ich eine Problemspalte in einer Zeitschrift, die sich ausschließlich mit Liebe befaßte. In dieser Zeitschrift wurden die Fragen der Leser über ihre Liebesprobleme beantwortet. Anfangs dachte ich mir die Fragen selber aus. Ich schrieb enthusiastisch über bösartige Ehepartner, unerfahrene Teenager, Geschlechtskrankheiten und Ausflüchte. Das war doch mal eine schöne Arbeit. Aber nach einer Weile kamen die echten Briefe. Die waren gleich viel weniger erbaulich. Von den 14 Millionen Niederländern laufen an die vier Millionen traurig auf Suche nacheinander herum und sehnen sich nach einem anderen Herzen. Alles haben sie versucht, einen netten Konversationskurs für Anfänger, Feste, Tanzabende, Clubs. Nichts hilft, sie bleiben allein. Abergläubisch könnte man davon werden.

Wie ist es möglich, daß wir sofort, wenn wir den Fuß in eine Kneipe setzen, sehen, daß der Typ an der Theke einsam ist? Nicht auf schöne Weise einsam, mit dichterischem Tiefgang, sondern jämmerlich, unverdient allein. Er ist doch die Güte selber, hat keine Launen, ist nicht übereilt im Bett, er würde für seine Liebste jeden Tag spülen, wenn er nur eine Liebste hätte! Und auch, wenn er da sitzt, still verschmäht, dann macht er nichts verkehrt, eigentlich benimmt er sich nicht anders als die anderen in der Kneipe. Und doch wissen wir genau: Der da sucht Kontakt.

Ich habe eine Freundin, die 35 Jahre alt ist. Sie ist eine nette Frau, humorvoll, intelligent, gutaussehend und verfügbar, aber niemand will sie. Bei der Arbeit trifft sie Hunderte von Männern, aber die sind allesamt verheiratet oder trauern der letzten Beziehung noch hinterher. Eines Tages gab sie eine Anzeige auf: Fr. (35) alleinst. intell. berufst. s. lieben Freund. Darauf bekam sie einen ganzen Stapel Briefe, aber kein einziger stammte von einem begehrenswerten Lebensgefährten. »Ein taufgeiler Pastor, ein Mann, der sofort vom Geld anfing, ein Mann, der gleich bei mir einziehen wollte«, zählte sie auf.

Zwei Verabredungen hatte sie getroffen. Eine mit einem Ingenieur aus Wageningen, der sein Gebiß zu Hause gelassen hatte. »Ohne fällt mir das Reden leichter«, hatte er gesagt. Die andere Verabredung war mit einem Herrn aus einer Bank, der so ernst und düster war, daß das Gespräch alsbald im Sande verlief und niedergeschlagenem Schweigen wich. Nein, diese Annonce war kein Erfolg. Das sind die meisten Annoncen nicht. Die Umstände sind so belastet, daß ein Treffen sehr leicht auf eine Enttäuschung hinausläuft. Und wo soll das Treffen stattfinden? Wenn wir den Kandidaten zu uns nach Hause kommen lassen, besteht die Gefahr, daß er ein mieser Typ ist, und im eigenen Haus können wir ja unmöglich sagen: »Jetzt muß ich leider schon wieder gehen.« Bei einem Treffen in der Kneipe sitzen wir unbeholfen im Gewühl, und wenn es zufällig ruhig ist, dann hängt alles vom Gespräch ab. Jedes Wort, das gesagt wird, klingt idiotisch, weil ihm viel zuviel Bedeutung beigemessen wird.

Bei einer Anzeigenverabredung muß es Liebe auf den ersten Blick sein, denn einen zweiten gibt es nicht. Deshalb geht es in fast allen Fällen schief.

Und doch können wir beim ersten Mal gleich viel übereinander erfahren. Ein Freund hatte eine Anzeige aufgegeben und wurde zum Essen eingeladen. Als er mit seinem Blumenstrauß die Wohnung betrat, sagte die Gastgeberin sofort: »Ich hoffe, du magst Musik, ich habe nämlich Andreas Vollenweider aufgelegt.« Sie hatte einen Spinatkuchen gebacken.

Schließlich hat er dann doch noch eine nette Freundin gefunden. Nicht über eine Anzeige und nicht durch eine Ehevermittlung. Nein, er hat sich im Supermarkt verliebt. Er hatte seine Schwester eingeladen und wollte Paella kochen. In der Gemüseabteilung hatte er eine Dame gefragt, welche Gemüse zu einer Paella gehören. Sie hatte ihm gesagt, was er kaufen sollte, und ganz spontan hatte er auch sie zum Essen eingeladen. Sie hatte zwar Lust dazu, aber sie mochte keine Paella. »Können wir nicht etwas anderes kochen?« hatte sie gefragt. Er war einverstanden. Jetzt sind sie schon ein halbes Jahr glücklich. Dem Supermarkt sei's gedankt.

Die Menschen suchen die Liebe an der verkehrten Stelle. Eine Kneipe ist schlecht für werbende Plaudereien geeignet, da kann höchstens die Gesellschaft für eine Nacht gefunden werden. Das wissen alle, und doch sitzen viele einsame Menschen in den Kneipen und warten auf eine Chance. Es kann sogar vorkommen, daß sie nebeneinander am Tresen sitzen, aber es kommt auch dabei nichts heraus. Es sieht so erbärmlich aus, so ein gieriger

Mann, so eine begierige Frau. Sie jagen einander eine Gänsehaut ein.

Ein Mann ist einmal auf die Idee gekommen, eine Anzeige aufzugeben, in der er eine schlanke blonde Frau suchte. Aus einem kleinen Briefstapel suchte er sich eine aus und lud sie zu sich nach Hause ein. Und wer erschien da auf der Türschwelle? Eine dicke schwarzhaarige Dame, die er nur zu gut aus der Kneipe kannte. »Man möchte immer eine große lange, und dann bekommt man eine kleine dicke«, sagte Tucholsky. »C'est la vie.«

Frauenkenner

In der letzten Zeit geht es mir sehr gut, mein Herz war schon seit Jahren nicht mehr gebrochen. Früher war das anders, da brach es alle zwei Jahre entzwei. Aber jedesmal fing ich unbekümmert wieder eine neue Romanze an. Damit ist jetzt Schluß. Wenn dieser Verlobte mich nicht mehr will, dann gebe ich auf, dann kaufe ich mir ein Pferd. Ich bin verrückt nach Pferden. Ich finde sie schön, stark und ein bißchen dumm, ein großer Unterschied zwischen Pferden und Männern besteht also nicht. Zum Sex brauche ich keinen Verlobten, das geht auch mit einem zufälligen Liebhaber.

Pferde haben nur einen Nachteil: Sie sind so schreckhaft. Das bin ich selber auch, deshalb bin ich als Pferdeliebhaberin eigentlich ungeeignet. Mit Hunden habe ich dasselbe Problem. Hunde werden aggressiv, wenn ihr Gekläffe jemandem Angst macht. Wir müssen ruhig und ermahnend auf sie einsprechen und eine selbstverständliche Autorität über sie ausüben. Das schaffe ich nicht. »Hau ab, du Mistvieh!« rufe ich, und dann tanzen die Puppen: Knurren, Kläffen, Drohen.

Bei Männern brauchen wir keine besondere Gebrauchsanweisung zu befolgen, auch wenn es sich nicht empfiehlt, sie zu verwöhnen. Männer sind mit allem zufrieden, wenn eine Frau ihnen nur zuhört und all ihren Behauptungen zustimmt. Eine der Behauptungen, die ein Mann gerne aufstellt, ist, daß er so gern mit Frauen zusammen ist, viel lieber als mit anderen Männern. Das hält er für eine ganz besondere Feinheit, eine reizende Eigenschaft, die andere Männer nicht haben.

»Ich unterhalte mich am liebsten mit Frauen«, sagt Guido oft. »Das liegt daran, daß ich kein Macho bin.«

»Nett«, nickte ich dann, aber das meine ich nicht. Guido ist von unsäglicher Bewunderung für die Frauen erfüllt, die für ihn unerreichbar sind, bei seinen weiblichen Bekannten jedoch weiß er vor allem Kaffee und Aufmerksamkeit zu schätzen. Früher habe ich Guido auch schon mal erklärt, warum ich ihn für ein sexistisches Schwein halte, aber diese Perle rollte unbemerkt an seiner Schnauze vorbei.

»Ich habe eben große Achtung vor Frauen!« rief er. »Sie verstehen mich viel besser als Männer.«

Das will ich gern glauben. Mit einem Mann kann man Billard spielen, ein Bierchen trinken und über Autos reden, aber wenn man ihm erzählt, daß man seit einiger Zeit so schlecht schläft, dann zuckt er die Schultern und sagt, daß er manchmal ein ganzes Jahr lang nicht geschlafen habe. Der Arzt hatte noch nie einen so seltsamen Fall von Schlaflosigkeit gesehen.

Es gibt natürlich auch Männer, die sich sehr gut mit Frauen verstehen. Hans ist so einer. Als Kind schon durfte er immer mit den Mädchen spielen, aber homosexuell ist er nicht. Er liebt Frauen, aber sie beeindrucken ihn nicht besonders, dazu kennt er sie zu gut. Schon als Kinder erzählten Mädchen ihm ihre Geheimnisse, und noch immer können sie mit Hans so reden, als ob sie ihn schon seit Jahren kennen würden. Aber Männer wie Guido beneiden ihn nicht, denn Hans mag zwar von Frauen auf Händen getragen werden, aber sie denken nie an ihn, wenn sie mit jemandem ins Bett wollen. Das war immer schon so. Er war vierzehn und verspürte einen inneren Drang. Weil er daran gewöhnt war, alles mit Mädchen zu besprechen, fragte er die Netteste aus der Klasse, ob sie mit ihm knutschen wollte.

»Aber Hans, mit dir doch nicht!« rief sie geschockt.

So ist es bis heute geblieben. Frauen sind verrückt nach Hans, aber was sie am liebsten mit ihm tun, ist telefonieren, stundenlang. Das können andere Männer nicht. Die fragen: »Warum rufst du an?«

Hans nicht, der sagt: »Weißt du, wen ich vor kurzem gesehen habe? Gerrie Bonekamp. Kannst du begreifen, warum alle Frauen scharf auf ihn sind?«

»Du glaubst doch wohl nicht, daß Gerrie Bonekamp wirklich Erfolg hat?« antworte ich dann. »Gerrie ist brutal, versucht es bei jeder und protzt mit seinem Geld, seinem Auto und seinem Segelboot. Es gibt zwar Frauen, die das nicht gleich satthaben, aber keine bleibt bei ihm. Sie machen alle Schluß.«

»Na«, sagt Hans. »Er gilt doch als unglaublicher Verführer.«

»Hör doch auf«, widerspreche ich. »Weil sie alle weglaufen, muß er immer wieder neue verführen, aber das gelingt ihm immer seltener. Das einzige, was er im Moment noch schafft, ist, daß er ab und zu in seiner Protzmühle eine nach Hause fahren darf. Marina ist neulich mit ihm gefahren. Als sie bei ihrem Haus angekommen waren, sagte Gerrie: ›Du darfst dich nicht wundern, wenn du bald Besuch von einem Gerrie bekommst. Jetzt weiß ich ja, wo du wohnst.‹ Und da hat Marina ihm schnell ein anderes Haus gezeigt.«

Das Problem bei einem Verführer ist, daß er alles Erobern selber erledigen will. Er wartet nicht ab, ob er ermutigt wird. Alle seine werbende Kraft führt er mit ins Feld. Das wirkt so begierig, wie ein Dackel, der den

Windhund nicht erreichen kann. Ein Mann, der bei Frauen Eindruck machen will, muß ein bißchen Distanz bewahren. Wenn ich das Hans sage, dann versteht er es sofort. Er weiß genau, wie es nicht geht. Gerrie hat davon keine Ahnung. Wenn sich eine Frau voller Abscheu von ihm abwendet, dann denkt er, daß er sie nicht genug bearbeitet hat und bestellt einen Sherry für sie.

Mit Männern wie Gerrie endet es übel. Je älter sie werden, um so lauter werden sie ausgelacht. Das Auto rostet, das Segelboot sinkt, und von ihrem Geld kaufen sie am Ende nur noch für sich selber etwas zu trinken. Sie hätten eben bessere Frauenkenner sein müssen.

Lecken

»Ein Spanier ist ein kleines Männlein mit schwarzen Haaren und mieser Laune, weil er findet, daß er nicht oft genug vögelt.« Das ist ein spanisches Sprichwort, und es gibt viele Spanier, die sich daran halten. So entsteht ein Volkswesen.

Italiener sind feurig, das kommt von der Oper. Schweden sind tüchtige Liebhaber, denn sie werden schon im Kindergarten aufgeklärt. Engländer haben keine Ahnung. Ich habe einmal einen Engländer sagen hören, daß es nicht gut ist, Frauen zu sehr zu verwöhnen. »Wir Engländer lassen sie darben«, sagte er, »dann sind sie dankbar für alles, was man besser macht als ein Kaninchen.«

Ich erklärte, daß Frauen, wenn sie ein Kaninchen treffen, nicht darben, sondern gähnen, aber der Engländer zuckte nur die Schultern.

Von Franzosen heißt es, sie seien auf Cunnilingus spezialisiert. »Ich habe eine samtene Zunge«, versicherte ein Franzose mir einst in einer Kneipe. Ich fiel darauf herein. Von einem Franzosen geleckt zu werden, das erschien mir verlockend. Es ging schief. Dreimal lecken, und die Vorstellung war vorüber.

Eigentlich finde ich sowieso, es ist eine überschätzte Technik. Es ist natürlich sehr nett, von einer warmen weichen Zunge gestreichelt zu werden, aber es ist doch auch ein bißchen unsozial. Oben auf der Matratze liegt sie mit leeren Armen, er ist ein Stock tiefer am Werk.

»69«, empfahl jemand. Das ist eine Möglichkeit. Aber dann bricht im Bett solche Hektik aus.

»Ist Lecken nicht das Herrlichste, was einer Frau passieren kann?« fragte Leon, der sich als Frauenkenner ausgibt. Von ihm heißt es, daß er Damen gegen Bezahlung verwöhnt. Ob das stimmt, weiß ich nicht. Ich habe einmal mit seiner Frau gesprochen, und die bestätigte das Gerücht, aber vielleicht wollte sie ihrer Ehe einen Hauch Exotik verleihen.

»Lesben lecken doch immerzu?« beharrte Leon. Ich nickte und dachte an Josephine. Mit ihr habe ich neulich auch übers Lecken gesprochen. Sie hat eine Freundin.

»Seit wir eine elektrische Zahnbürste haben, lecken wir so gut wie nie mehr«, erzählte Josephine. »So ein Ding ist eine wichtige erotische Erfindung, und dann kannst du dir damit auch noch die Zähne putzen.«

Am nächsten Tag sah ich Leon auf einem Empfang. Ich war mit einer Freundin gekommen und stellte sie Leon vor. Der ließ über der Sache kein Gras wachsen. Er stellte sofort seine dringliche Frage: Ob Frauen gerne geleckt werden.

»Aber sicher doch«, sagte die Freundin.

»Wie ging es weiter?« fragte ich danach.

»Er war von diesem Thema gar nicht mehr abzubringen«, erzählte sie. »Wir sind nach dem Empfang noch essen gegangen, und ich habe ihn mit zu mir genommen. Ich wollte mit ihm ins Bett, aber so weit ist es nicht gekommen. Er quasselte einfach immer weiter übers Lecken, sagte, zur Not könnte er die ganze Nacht durchhalten, und da habe ich ihn hinauskomplimentiert.«

»Warum?« fragte ich verwundert.

»Ich fand das alles so blöd. Ich entscheide selber, was ich schön finde. Wenn so ein Mann an meinem Orgasmus herumwurstelt, sträuben sich mir die Haare.«

In gewisser Hinsicht war die sexuelle Revolution ein Erfolg. In einem soliden Staatsgefüge sind die Menschen ein bißchen gleichgültig. Wenn wir heute keine ungeahnten Höhepunkte erreichen, dann vielleicht morgen oder nächste Woche.

Kürzlich rief mich ein Mann an.

»Was machst du so in der letzten Zeit?«

»Ich rede immer übers Lecken«, antwortete ich.

»Warum nicht übers Blasen?« fragte er.

Aber darüber hatte ich schon nachgedacht. Vor kurzem saß ich mit einem Freund im Kino und wartete auf den Film. Ich erzählte, daß ich Blasen toll finde, aber daß ich nach einiger Zeit dabei immer einen Kieferkrampf bekomme.

»Das liegt daran, daß du zu lange weitermachst«, sagte er. »Wenn ein Mann erst mal in Gang ist, dann genügt so ein sanftes Mündchen nicht mehr, dann muß mehr geschehen, etwas Deftigeres. Dann hat Blasen keinen Zweck mehr.«

Nun fing der Film an. In Liebesszenen in amerikanischen Filmen spielt immer eine Menge Bettzeug mit. An den Ausbuchtungen der Decke können wir sehen, was darunter passiert. »Da, sie bläst ihm einen«, flüsterte ich. »Ihm ist das egal, er schaut aufs Telefon.«

»Er findet das doch nett, alle Männer finden das toll.«

Aber das stimmt nicht, ich habe es selber erlebt, daß ich mich in exquisiten Zungenwindungen erschöpfte, während mein Liebhaber leise seufzte. Als ich nach einiger Zeit höher rückte, war er eingeschlafen. Die meisten Frauen machen es vor allem aus Liebe, nicht so sehr aus Lust. Männer riechen doch oft recht streng, und Sperma schmeckt ein bißchen bitter. In den ersten Wochen einer Romanze macht ihr das nichts aus, und sie leckt sein Ejakulat wie Honig, aber dann läßt der Enthusiasmus nach. Der Arzt kann Blasen auch nicht empfehlen, wir können uns dabei eine moderne Krankheit einfangen.

»Blasen ist für Verliebte«, sagte eine Frau. »Ich mach es nur beim erstenmal, danach will ich normal herumvögeln. Ich würde es gern schöner finden, aber das Schicksal will es eben anders. Und ich werde dick davon. Dieses Zeugs steht nur so vor Kalorien.«

»Das kann doch nicht sein!« rief ich, wenn ich das gewußt hätte!

»Aber und ob, das ist die reine zusätzliche Nahrung. In Ländern, wo die Menschen unter Überbevölkerung und Unterernährung dahinsiechen, sollten sie viel öfter blasen. Dabei gibt's Eiweiß und Traubenzucker, und keine wird davon schwanger.«

Seit ich das gehört habe, sehe ich Männer mit ganz neuen Augen. Wandelnde Überlebenspakete sind sie, und wenn wir Glück haben, dann glauben sie, daß Frauen auch welche sind. Aber dann müssen die wirklich tüchtig loslecken.

Abgründe

Als Gott noch nicht tot war und den ganzen Tag arbeitete, wurden Jungen und Mädchen getrennt in die Schule geschickt. Zu Hause hatten sie unterschiedliche Beschäftigungen, und wenn sie dann erwachsen waren, wußten sie übereinander genausoviel wie über die Eskimos. Nach den 50er Jahren durften wir gemeinsam schwimmen, aber die Lage ist immer noch alles andere als ideal, Männer und Frauen haben die verrücktesten Vorstellungen voneinander.

»Eine Frau will Sicherheit«, warnen Männer. »Paß auf, daß sie dich nicht in ihre Netze verstrickt.«

Frauen wissen, daß Männer das denken. Deshalb geben sie sich alle Mühe, um nicht zu verstrickend zu sein. Sie rufen nicht an, um zu fragen, ob er bei ihnen übernachten will oder um ihn ins Kino einzuladen. Sie überlassen ihm die Initiative.

Frauen sind so passiv, denkt daraufhin der Mann. Sie reden zwar von Emanzipation, aber selber rühren sie keinen Finger.

Ich kenne eine Frau, die hart arbeitet, allein lebt und wenig Zeit für die Liebe hat. Fünfmal pro Jahr geht sie für eine Woche auf Reisen. Das ist nicht lange, aber das soll es auch nicht sein. In dieser Woche verführt sie Männer, mit denen sie kurze, aber stürmische Verhältnisse hat. Diese Verhältnisse enden mit den Ferien, und so hält sie sich die Probleme vom Leib. Eine Frau, die ans Werk geht wie ein Kerl, das müßten sie doch zu schätzen wissen, möchte man meinen, aber nichts da. In den Niederlanden hat noch niemals irgendwer irgendwem eine Verlobung angeboten, die nur eine Woche dauern sollte. Statt dessen bekommt sie Heiratsanträge. Darüber gerät sie in Verzweiflung. Einen Mann hielt sie ganz kurz für einen Gleichgesinnten. Sie traf ihn im Waschsalon. Er war fröhlich und flott anzusehen. »Wollen wir eine Tasse Kaffee trinken?« schlug er vor, aber sie wußte etwas Netteres. Einen ganzen Nachmittag, einen Abend und eine Nacht konnte sie sich nicht an ihm sattsehen. Danach hatte sie genug, aber der Mann dachte anders darüber. Noch monatelang hat er sie mit Nelkensträußen und Weinbrandbohnen überhäuft, die er ihr schicken ließ. »Da faß ich mir doch an den Kopf!« sagte sie traurig. »Weißt du etwas Schlimmeres als Weinbrandbohnen? Ich habe ihm schon zehnmal gesagt, daß ich ihn nicht mehr sehen will, aber er glaubt nur, ich hätte einen anderen Mann. Und gegen den kämpft er. Er hört mir gar nicht zu.«

Frauen hören aber auch nicht zu.

Joke hat einen häßlichen Verlobten. Sein Gesicht sieht aus wie eine Reliefkarte der Schweiz, sein Körper hat Ähnlichkeit mit einer Birne. Ich verstehe einfach nicht, warum sie ihn liebt, denn er ist auch nicht sympathisch, aber Joke hegt eine tiefe Liebe zu ihm, eine unglückliche Liebe.

»Ich verstehe ihn nicht«, klagt sie immer wieder. »Ich verlange nichts von ihm, ich lasse ihm alle Freiheiten, aber er fängt immer wieder Streit an.«

»Du muß ihn härter anpacken«, sagte ich. »Der Mann braucht eine feste Hand. Wenn du so sanft mit ihm umgehst, kriegt er schlechte Laune, und du verdirbst ihn.« Sie glaubt mir nicht. Sie kann sich nicht vorstellen, daß ein Mann nach einem Joch verlangt.

»Er ist häßlich, siehst du das nicht? Er hat nichts von der

Freiheit, er will Geborgenheit, er will zu dir gehören, bis der Tod die letzten Krater in sein pockennarbiges Gesicht schlägt.«

Sie sah mich ungläubig an. Du willst ihn selber, sah ich sie denken.

Ich weiß noch eine tiefeingewurzelte Meinung, die sich auch durch gegenteilige Beweise nicht vertreiben läßt: Daß Männer keine Gefühle haben.

Ein Mann darf nicht weinen, und wir sehen auch nur selten einen schluchzen, denn sie brauchen keine Tränen. Frauen weinen vor Wut, aus Enttäuschung, vor Rührung und um ihren Willen durchzusetzen. Ein Mann kann kämpfen, schimpfen und fluchen, er kann schmollen, nörgeln und schweigen, schreien, saufen, brüllen, wüten, zwingen, mißhandeln, und wenn er wirklich einmal alles bis zum Äußersten treiben will, dann läßt er feinsinnig drei Tränen über seine Stoppelwange kullern. Frauen reicht das nicht, die wollen Worte hören. Sie wollen, daß ein Mann sagt, daß er Kummer hat, daß er sich fürchtet. Das mögen Männer nicht.

Mein Verlobter fürchtet sich vor großen Hunden. Wenn wir spazierengehen, nimmt er einen großen Stock mit, um sich gegen anspringende Wachhunde zu verteidigen. Ich fürchte mich auch vor Hunden, vor allen Hunden, nicht nur vor großen. »Wie schön, daß du auch Angst hast«, sagte ich einmal. »Bei einem früheren Verlobten mußte ich immer den gelassenen Umgang mit Hunden üben.« – »Ich habe keine Angst«, sagte er. »Aber ich vertraue ihnen nicht.«

Der Kampf der Geschlechter ist ein Schattengefecht. Er küßt den Boden unter ihren Füßen, sein Herz hämmert im Takt von o sole mio, aber sie grämt sich, denn niemals sagt er »ich liebe dich«.

Sie rennt sich die Beine aus dem Leib, um ihrem sturen Verlobten, der ewig mies gelaunt ist, weil er das Leben mit einem Putzteufel nicht ertragen kann, ein Lächeln zu entlocken.

Er lädt seine Familie für zehn Tage zum Wintersport ein, aber seine Frau sagt höhnisch zu den Kindern: »Hier spielt er den Erbonkel, und sonst muß ich ums Haushaltsgeld betteln.«

Er verführt die schönste Frau der Welt und bewacht sie wie ein eifersüchtiger Zerberus, bis sie mit seinem besten Freund durchbrennt, mit dem sie immer vertrauliche Gespräche über den schwierigen Charakter ihres Liebsten geführt hat.

Vielleicht könnte ein Fernsehkurs helfen, ein informatives Programm, in dem erklärt wird, daß eine Frau nein meint, wenn sie nein sagt, und daß ein schweigender Mann zum Ausdruck bringen will, daß er froh ist, weil er in diesem Sauwetter nicht aus dem Haus muß, um eine Burg zu erobern, einen Drachen zu erschlagen und eine Jungfrau zu vergewaltigen.